Estudos Devocionais Para Crianças

Estudos Devocionais Para Crianças

Kenneth N. Taylor

Rio de Janeiro
2010

CPAD

Título do original em Inglês: *Devotions for The Children Hour*
Mood Press, Chicago, EUA
Primeira edição em Inglês: 1987
Tradução: James Monteiro dos Reis
Preparação dos Originais: Elaine Arsenio
Revisão: Gleyce Duque
Adaptação de capa e editoração: Flamir Ambrósio

CDD: 869.80 - Literatura Infantil
ISBN: 978-85-263-0946-3

Para maiores informações sobre livros, revistas, periódicos e os últimos lançamentos da CPAD, visite nosso site: http://www.cpad.com.br

As citações bíblicas foram extraídas da versão Almeida Revista e Corrigida, edição de 1995, da Sociedade Bíblica do Brasil, salvo indicação em contrário.

SAC — Serviço de Atendimento ao Cliente: 0800-21-7373

Casa Publicadora das Assembléias de Deus
Caixa Postal 331
20001-970, Rio de Janeiro, RJ, Brasil

2ª impressão 2010

Uma Mensagem para os Pais

O que temos aqui não é um livro de histórias da Bíblia. Trata-se de um livro de doutrina para crianças. Um livro que fala sobre o que a Bíblia diz a respeito do pecado, o céu, sobre o Senhor Jesus e muitos outros temas bíblicos relevantes.

Foi escrito especificamente para as crianças, logo, suas palavras e expressões são simples e seus pensamentos, esperamos, são claros.

Existem muitos livros com histórias extraídas da Bíblia, mas as crianças também precisam das doutrinas. Até o presente, os livros de doutrina escritos especialmente para esse público são quase que desconhecidos. As crianças, contudo, tanto precisam entender o que a Bíblia ensina, como precisam conhecer seus maravilhosos e verdadeiros relatos. A verdade e o significado de cada história devem estar sempre associados ao contexto bíblico como um todo, sendo expressos de forma simples, resumida e interessante.

Acredita-se que este livro poderá ser compreendido por crianças a partir dos seis anos de idade, as quais continuarão a utilizá-lo com todo o interesse até os onze anos.

Este livro combina com qualquer bom livro de histórias da Bíblia. Ambos são necessários e nenhum deles, isoladamente, supre toda a necessidade de ensino dos pequeninos. Além disso, nenhum dos dois substitui a própria Bíblia. Com incentivo por parte da família, as crianças menores, via de regra, conseguem ler os Evangelhos de Marcos ou João.

Ainda assim, enquanto a criança aprende a ler as Escrituras, é necessário doutriná-la nas grandes verdades bíblicas, em torno das quais ela poderá relacionar tudo o que lê.

A criança que for assim fortalecida poderá resistir aos muitos ataques intelectuais que certamente virão ao longo da vida. Dessa forma, as verdades das Escrituras passam a ser companheiras íntimas, não figuras místicas e conhecimentos vagos que pouco ajudam na hora da necessidade.

A Palavra de Deus é uma torre forte e um tônico para a alma. Nesse livro, a Palavra é exposta às crianças. A carne da Palavra é fatiada em pequenos pedaços, a fim de que as crianças possam comê-la, mas, ainda assim, é carne. Um alimento bom e sólido que pode nutrir qualquer pessoa.

Sugere-se que um dos principais usos do livro seja durante o culto doméstico. Como nos foi apontado por muitos leitores, o livro também pode ser utilizado por professores da Escola Dominical e líderes de crianças.

No que tange às orações que acompanham cada leitura diária, cabe um rápido esclarecimento aos pais. Elas podem ser facilmente omitidas por aqueles que não desejam usá-las ou que sentem que orações escritas não são apropriadas. Espera-se, contudo, que sejam úteis àqueles pais que não tenham tais reservas, embora não sejam suficientes para o doméstico. Além do mais, é interessante que cada membro da família ore ao fim do período devocional.

As lições aqui contidas devem ser utilizadas mais de uma vez. Spurgeon fala que, ao se plantar feijão, os antigos costumavam depositar três sementes em cada buraco: uma para os vermes, uma para os corvos e uma para brotar e frutificar. Quando ensinamos as crianças, devemos repassar linha após linha, preceito após preceito, repetindo a verdade até que, para a criança, seja impossível esquecê-la.

Dica: As leituras bíblicas sugeridas serão muito mais proveitosas e interessantes se, tanto crianças como adultos, procurarem ler versões mais modernas, disponíveis em qualquer livraria.

Sumário

CAPÍTULO 1

Existe apenas um Deus

Em alguns países, onde as pessoas não têm Bíblias nem sabem muito sobre Deus, elas pensam que existem vários deuses. Algumas pensam que existem dois deuses, outras pensam que existem quatro deuses. Existem até aquelas que acreditam na existência de centenas de deuses ou mais. Algumas pensam que o sol e a lua são deuses, então se ajoelham e oram para o sol e para a lua. Pedem proteção e ajuda para eles.

O sol e a lua podem nos ajudar? Não, eles não têm vida e não são pessoas capazes para nos ajudar. São apenas coisas que Deus criou para nos dar luz e calor e para desfrutarmos. Não são deuses, mas foram feitas por Deus. Nunca devemos orar para as coisas que Deus criou, mas apenas ao próprio Deus.

Devemos orar aos anjos? Eles são deuses? Não! Os anjos estão vivos e alguns deles estão bem aqui conosco (embora não possamos vê-los), mas não devemos orar para eles porque não são deuses. São ajudadores e foi por isso que Deus os fez. Os anjos amam a Deus e existem tantos deles, mas tantos, que nem dá para imaginar quantos são! A maior parte está no céu. Eles agradecem, louvam a Deus e lhe dizem o quanto são felizes por poder servi-lo. Alguns deles, porém, estão aqui na terra para nos ajudar.

Lá em cima, no céu, existem outros deuses além do nosso Deus? Não. Deus fez tudo o que existe e ele não fez nenhum outro deus. É por isso que Ele fica zangado com aqueles que oram a outros deuses e não a Ele. Também fica furioso com pessoas que têm mais amor por outras coisas que do por Ele. Nosso amor por Deus deve superar o que sentimos por nossos pais ou pelas boas coisas que possuímos, pois foi Deus quem nos deu nosso pai, nossa mãe e as coisas boas que temos. Por isso, precisamos amar a Deus acima de todas as coisas.

Certa vez, um pastor procurou descobrir se uma garotinha sabia que só existia um Deus. Ele, então, perguntou a ela:

Catarina, quantos deuses existem?

Só um — respondeu ela.

Como você sabe disso? — perguntou o pastor.

Porque só existe espaço para um Deus. Ele enche a terra e o céu.

A garotinha estava certa.

Para ler na Bíblia: Êxodo 20.1-6

Perguntas:

1. Quantos deuses existem?
2. O sol ou a lua podem nos ouvir quando oramos?
3. Devemos orar aos anjos? Eles são deuses?

Uma Oração:

Querido Pai celestial, agradecemos porque Tu és o único e supremo Deus. Agradecemos porque Tu és maior que tudo que há em cima nos céus ou embaixo na terra. Ajuda-nos a te amar de todo o nosso coração e a servirmos somente a ti. Pedimos isso em nome de Jesus. Amém.

Um Hino:

Saudai o nome de Jesus!
Arcanjos vos prostrai!
Arcanjos vos prostrai!
Ao Filho do eterno Deus
Com glória, glória, glória, glória
Com glória coroai. (HC, nº 42)[1]

[1] **N. do E.:** HC corresponde a *Harpa Cristã.*

CAPÍTULO 2

Quem É Deus?

Existem muitas coisas que precisamos saber. Precisamos saber ler e escrever; precisamos saber matemática e estudos sociais. Existe, porém, algo muito mais importante que ler, escrever e saber matemática ou estudos sociais. Você consegue imaginar o que é o mais importante? Vou lhe contar. O mais importante conhecimento é o conhecimento de Deus. Não há nada mais importante que isso, pois foi Deus quem fez você e, sem conhecê-lo, como saberá o que Ele quer de você?

Quem é Deus? Deus é uma pessoa que vive em um lugar maravilhoso chamado céu. Não sabemos onde exatamente fica o céu, mas acreditamos que fica muito além das estrelas. É um lugar onde todos nós gostaríamos de viver. Se conhecermos e amarmos a Deus, poderemos, ao morrermos, ir morar lá com Ele e com os anjos. Eis um outro importante motivo para conhecermos a Deus.

Posso lhe contar mais algumas coisas a respeito dEle? Você sabia que Deus é Espírito? Isso significa que Deus é uma pessoa que não possui um corpo. Eu e você temos corpos e nossos espíritos estão em nossos corpos. Deus, contudo, não precisa de um corpo.

Deus é verdadeiramente a pessoa mais poderosa que existe. Ele é bom, gentil e jamais faz nada de errado. É tão poderoso, que pode fazer o que desejar. Fez o mundo, a grama, o céu, o sol, a lua e as estrelas. Fez os anjos, a mim e a você. Ele fez tudo. Ele manda os trovões, os raios e a chuva. Quando começa a primavera, com seu céu azul e lindas flores, é Deus quem a faz começar.

E onde está Deus? Já aprendemos que Ele está no lindo país dos céus, mas também está aqui nessa sala e pode ouvir tudo o que conversamos. Também está na casa ao lado. Não é estranho que Deus possa estar aqui em nossa casa e, ao mesmo tempo, na casa vizinha? Ele está em toda parte! Está ao lado de missionários em diversos países e, ao mesmo tempo, com as pessoas que estão atravessando os oceanos em grandes navios. Nós só podemos estar em um lugar de cada vez, mas Deus está em toda parte o tempo todo.

Uma das coisas mais importantes que não devemos jamais esquecer é que esse grande Deus nos ama e sempre vê o que fazemos. Isso deve nos deixar muito felizes, mas deve também fazer com que sejamos cuidadosos naquilo que fazemos. Não gostaríamos de fazer qualquer coisa que desagrade a Deus. Sabemos que nosso maravilhoso Deus está nos céus, sempre nos vendo e nos ajudando a fazer coisas boas.

Certa vez, um homem quis roubar algumas melancias de uma plantação e levou seu filhinho junto. Seu filho tinha apenas 8 anos de idade. O pai pediu para que ele ficasse junto à cerca e vigiasse se vinha alguém. Enquanto o pai roubava as melancias, o garotinho subitamente gritou:

Papai, alguém está vigiando você.

Quem? — perguntou o homem enquanto voltava correndo — Quem está me vendo? Onde está ele?

Pai, quando você tentou ver quem estava vendo, esqueceu de olhar para cima no céu. Deus está olhando e vendo você.

O pai do garotinho jamais havia pensado nisso e decidiu nunca mais voltar a roubar melancias. A ajuda do menino foi muito importante, pois ele fez seu pai se lembrar de Deus.

Para ler na Bíblia: Isaías 6.1-8.

Perguntas:

1. Deus tem um corpo igual ao seu?
2. Você consegue se lembrar de dois lugares onde Deus está nesse exato instante?
3. Deus consegue nos ver à noite, quando tudo está escuro?

Uma Oração:

Deus dos céus, santo Deus, perdoa nossos muitos pecados, pois muitas vezes somos maus. Agradecemos por teu perdão em Jesus Cristo, nosso Senhor. Amém.

Um Hino:

Vem tu, ó rei dos reis,
Guiar os que teus fiéis pra te louvar
Grande e glorioso ser, Pai de todo o poder
Vem sobre nós reger, oh! Deus sem par! (HC 185)

CAPÍTULO 3

De onde Veio Deus?

Existem muitas coisas maravilhosas a respeito de Deus que não conseguimos compreender. Já aprendemos uma dessas coisas. Aprendemos que Deus pode estar em qualquer lugar e a qualquer momento, o que parece muito estranho. Não somos capazes de compreender como isso é possível! Deus não nos explica isso. Quando chegarmos ao céu, Ele nos explicará direitinho e então saberemos.

Há mais uma coisa sobre Deus que não conseguimos entender. Para dizer o que é essa outra coisa, vou ter de lhe fazer uma pergunta. De onde veio Deus? Ele teve um pai e uma mãe? Não. Deus não precisou de um pai e de uma mãe. Ele nunca nasceu. Ele nunca foi uma criancinha no céu e então cresceu. Ele não nasceu no céu porque sempre esteve vivo. Sempre foi tremendo e maravilhoso, exatamente como é agora. Ele sempre esteve vivo.

Deus estava vivo ontem e antes de ontem e no dia anterior, até a eternidade. Estava vivo antes de você nascer e antes do papai e da mamãe nascerem. Estava vivo antes do vovô nascer e antes de existirem as rochas, as árvores, a grama e os animais. Ele já estava vivo há milhões e milhões de anos atrás, antes de qualquer coisa existir.

Quem fez Deus? Ninguém. Deus não foi feito por ninguém. Ele sempre esteve vivo. Não podemos entender isso, mas sabemos que é verdade.

Deus sempre estará vivo.

Precisamos entender que nós também ficaremos vivos para sempre. Foi assim que Deus nos fez. Não viveremos para sempre aqui na terra. Chegará o tempo em que nossos corpos envelhecerão e nós partiremos para viver em um outro lugar. Então, poderemos ir viver com Deus no céu se o amamos enquanto estávamos aqui na terra com mamãe e papai. Precisamos aprender a amar nosso Deus de todo o coração.

Algumas pessoas bobas passam seu tempo aqui na terra amando a si mesmas, em vez de a Deus. Quando morrerem, Deus não vai querer elas por perto, no céu; mas irá mandá-las para um lugar triste e escuro, onde viverão para sempre sem Deus.

Precisamos ter muito cuidado com nossa forma de vida agora, pois viveremos para sempre. Deixe-me contar a história de um rico fazendeiro que esqueceu de que viveria para sempre.

Esse fazendeiro saiu para ver um de seus celeiros e viu que estava cheio de cereais. Então foi até um outro celeiro que possuía e viu que aquele também estava cheio. Ele ficou muito feliz com isso, pois viu que tinha muito cereal em seus celeiros. Sabia que podia vender os cereais por um bom dinheiro e ficar muito rico.

"Puxa!", disse ele consigo mesmo. "Agora não vou mais precisar trabalhar. Terei muito dinheiro para comprar toda bebida alcóolica que quiser, comer de tudo até não agüentar mais e fazer todo tipo de maldade".

Quando o fazendeiro foi dormir, ainda pensava sobre como era rico e em como gastaria sua fortuna, mas nem ligava para o que Deus queria que ele fizesse com o dinheiro.

Naquela noite, o rico fazendeiro morreu. Teve de encontrar-se com Deus e, naquela altura, já era tarde demais para lembrar o que Deus queria dele. Deus queria que ele tivesse amado o Senhor Jesus e usado o dinheiro para fazer coisas boas e falar aos outros sobre Jesus, mas era tarde demais.

Espero que você sempre se lembre de que viverá para sempre. Espero que você nunca seja como o tolo homem rico.

Para ler na Bíblia: Lucas 12.16-28

Perguntas:

1. Deus nasceu?
2. Deus já estava vivo desde antes de existirem rochas e árvores?
3. Há quanto tempo Deus está vivo?
4. Por quanto tempo você viverá após seu corpo morrer?

Uma Oração:

Pai nosso que estás no céu, agradecemos por nos ter dado a vida eterna por intermédio de nosso Senhor Jesus Cristo. Ajuda-nos, hoje, a fazer aquilo que te agrada. Pedimos isso em nome de Jesus. Amém.

Um Hino:

Lá no céu moraremos,
na presença do nosso Redentor;
lá no céu pra sempre
cantando seu precioso amor. (HCC, nº 583)[2]

[2] **N. do E.:** HCC corresponde a *Hinário para o Culto Cristão.*

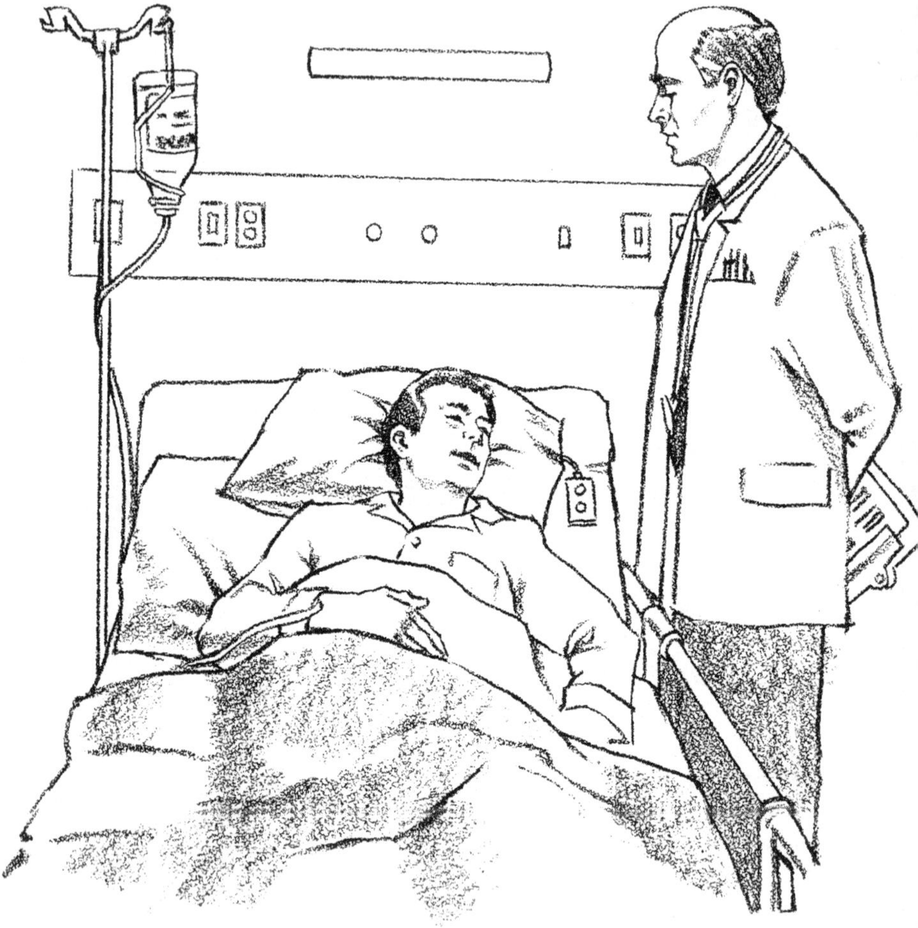

Capítulo 4

O Pai, o Filho e o Espírito Santo?

Já aprendemos que há apenas um Deus. Agora vamos colocar a cabeça para funcionar e prestar muita atenção, pois vou falar sobre algo que você não entenderá. Não se sinta mal por causa disso, pois nunca ninguém conseguiu compreender essa questão! É, contudo, uma das verdades mais importantes em toda a Bíblia.

Eis o que é tão importante: nosso Pai nos céus é, logicamente, Deus; mas você sabia que Jesus também é Deus e que o Espírito Santo é Deus também? Todos os três são Deus; entretanto não são três Deuses, mas apenas um Deus.

Você provavelmente perguntará como isso é possível. Como três pessoas podem ser Deus se há apenas um Deus? Será que Jesus é apenas um outro nome para Deus e não uma outra pessoa? Não. Pai, Jesus e Espírito Santo não são apenas três nomes diferentes para Deus. Eles desempenham diferentes funções. Jesus e o Pai fizeram o mundo, as estrelas e tudo o que há. Além disso, Jesus é Deus. Jesus disse: "Eu e o Pai somos um".

E quando Jesus partiu de volta para o céu, para estar com Deus Pai, enviou o Espírito Santo, que também é Deus, para ficar conosco.

Há, no entanto, apenas um Deus. Algumas pessoas já tentaram explicar como três pessoas podem ser apenas um Deus ao pensar em um trevo de três folhas, que é apenas um trevo, apesar de possuir três folhas. Outras pessoas tentam ajudar dizendo para pensarmos na água. Às vezes a água é líquida, como quando a bebemos; às vezes é sólida, como quando vira gelo e, outras vezes, é vapor. Apesar de serem três coisas, todas as três são água. Talvez devêssemos imaginar três pessoas que têm os mesmos pensamentos. Ilustrações assim podem ser de grande ajuda, mas só poderemos compreender plenamente essas coisas quando estivermos com Jesus. Ainda assim, sabemos que tudo isso é verdade, pois Jesus fala sobre isso na Bíblia.

É muito importante saber sobre esses assuntos, porque já houve pessoas que não acreditaram que Jesus é Deus. Se, porém, Jesus não fosse Deus, Ele não poderia ser nosso Salvador. Somente Deus pode nos ajudar. Jesus nos ajuda porque é Deus.

Não se preocupe se isso tudo for muito confuso para você. Quando chegarmos no céu, aprenderemos tudo isso em detalhes. Até lá, mesmo que não compreendamos tudo a respeito de Deus, podemos obedecê-lo e amá-lo.

Certa vez, na Índia, um homem insistiu para que um missionário explicasse sobre a Trindade. Trindade é a palavra que usamos para dizer que há apenas um Deus e que o Pai, Jesus e o Espírito Santo são Deus. O missionário tentava explicar ao homem, mas o homem não parava de fazer perguntas, então o missionário lhe contou uma história: "Era uma vez um país, no qual todos estavam doentes. O rei imediatamente enviou remédios para o médico, para que este curasse todo o povo. Um dos doentes, que jamais havia visto o rei, fazia insistentes perguntas sobre o rei ao médico. Tantas eram as perguntas, que o médico passou um grande tempo respondendo-as e não teve tempo de atender grande parte do povo, o que fez com que muitos morressem."

"Quando o médico voltou para ver o rei, foi-lhe perguntado se os remédios haviam sido distribuídos ao povo. 'Não', respondeu o médico. 'Tive de explicar sobre onde havia arrumado os remédios e não tive tempo para distribuí-los ao povo'."

É importante saber sobre a Trindade, mas nossa tarefa é falar às pessoas que Jesus morreu para salvá-las, não explicar-lhes sobre a Trindade. Temos um ótimo remédio para suas almas e precisamos usá-lo.

Para ler na Bíblia: Marcos 1.9-11; João 16.7-15

Perguntas:

1. Quantos deuses existem?
2. Existem três pessoas distintas em nosso único Deus. Você sabe seus nomes?
3. Você consegue usar o exemplo da água para explicar essas coisas?
4. Por que o médico errou ao tentar responder todas aquelas perguntas?

Uma Oração:

Deus, nosso Pai celestial, Tu és por demais grandioso para que te compreendamos, mas te agradecemos por podermos entender o teu amor. Pai, ajuda-nos a crescermos em teu amor e a te honrarmos. Em nome de Jesus. Amém.

Um hino:

Santo! Santo! Santo! Deus onipotente!
Cedo de manhã cantaremos teu louvor.
Santo! Santo! Santo! Deus Jeová triúno,
És um só Deus, excelso Criador. (CC, nº 9)[3]

[3] **N. do E.:** CC corresponde a *Cantor Cristão.*

CAPÍTULO 5

Se não Podemos Ver a Deus, como Podemos Saber que Ele Está Vivo?

Quem pode ver o vento? Nem eu nem você! Ainda assim, não precisamos ver o vento para sabermos que ele existe. Podemos reconhecê-lo porque o sentimos em nosso rosto e vemos as árvores e a grama balançando quando ele sopra. Não podemos, contudo, ver o vento.

Também não podemos ver a Deus, mas sabemos que Ele vive ao vermos as coisas que Ele faz. Algumas pessoas dizem: "Se eu pudesse ver a Deus, acreditaria que existe um Deus. Como não posso vê-lo, não creio nEle".

Isso não é justo. Essas pessoas não conseguem ver o vento, mas acreditam que ele existe por causa daquilo que ele faz. Eles também podem saber que Deus existe a partir daquilo que Ele faz.

Você consegue pensar em algumas coisas que Deus faz que nos dizem que Ele está vivo?

Em primeiro lugar, podemos ver as estrelas, o sol e a lua. Será que tudo isso apareceu no céu por conta própria? Não, alguém os colocou lá. Quando vemos uma casa, não imaginamos que ela cresceu ali sozinha. Sabemos que alguém a construiu. Quando olhamos para as estrelas, também sabemos que elas não estão lá por acaso. Alguém as colocou lá. Deus as colocou lá.

Sabe por que não podemos ver a Deus? Porque Deus ainda não quer que o vejamos. Deus é tão magnífico, maravilhoso e resplandecente, que morreríamos se o víssemos. Chegará o dia em que, se obedecermos a Deus, Ele nos levará para o céu ao morrermos. Então, o veremos como Ele é. Naquele dia, não nos feriremos ao vê-lo, mas ficaremos muito felizes.

Apesar de não podermos ver a Deus, podemos amá-lo com intensidade. A Bíblia nos fala a respeito de Deus. Conta sobre como Ele nos ama e acerca da sua bondade. Não precisamos vê-lo para amá-lo.

Certa feita, uma menina conversou com sua mãe sobre amar a Deus. "Mamãe", disse a menina, "não posso ver a Deus. Como posso amá-lo sem vê-lo?"

Alguns dias depois, a garota recebeu um pacote, pelo correio, de uma amiga que nunca tinha conhecido. Dentro do pacote havia um presente. A menininha abriu o pacote com todo o cuidado e encontrou um lindo livro com figuras. Ela ficou olhando o livro por um bom tempo e, de repente, correu para sua mãe e disse:

— Oh, mãe. Eu amo esse livro e amo a moça que o mandou para mim!

— Mas você nunca a viu — disse a mãe.

— Não — respondeu a menina — mas eu a amo porque ela me mandou esse presente.

É assim que podemos amar a Deus sem jamais tê-lo visto. Ele nos deu tantas coisas maravilhosas, como nossa casa, nosso papai e nossa mamãe, que podemos amá-lo e agradecê-lo sem que nunca o tenhamos visto.

Para ler na Bíblia: Gênesis 1.14-28

Perguntas:

1. Você consegue ver o vento? Como sabe que ele existe?
2. Consegue ver a Deus? Como você sabe que Ele está vivo?
3. Você consegue citar algumas coisas que Deus faz para que saibamos que Ele está vivo?

4. Você sabe por que ainda não podemos ver a Deus?
5. Quando iremos vê-lo?

Uma Oração:

Poderoso Deus, agradecemos pelos céus, pelo sol e pelas estrelas, que Tu fizeste para demonstrar tua grandeza e que declaram tua glória. Também te agradecemos pelo Senhor Jesus, que nos mostrou teu grande amor. Em nome de Jesus. Amém.

Um Hino:

Vem para a luz, pois brilha por ti;
Dentro do peito, alegre, a senti
Vendo-a, do mal a Deus eu corri;
Jesus é a luz do mundo! (CC, nº 183)

Capítulo 6

Por que Deus nos Fez?

Por que motivo Deus nos criou e nos deixa viver em nossos lares? Ele fez assim para que pudéssemos ser felizes? Não. Deus quer que sejamos felizes, mas não foi por esse motivo que Ele nos fez.

Então por que foi?

Deus nos fez para que o glorificássemos e desfrutássemos de sua pessoa. Isso significa que Ele quer nossa gratidão. Quer nos ver agradecer por Ele ser tão bom para conosco. Quer que o adoremos compreendendo quem Ele é. Devemos entender o quão maravilhoso Ele é e o quão bondoso Jesus foi vindo à terra e o quanto foi punido por nossos pecados, a fim de que não fôssemos castigados por Deus. É tão bom e generoso, que nos quer expressando nossa felicidade por Ele ao nos tornamos filhos e filhas. Ele nos quer satisfeitos, de forma a estarmos sempre prontos a ajudar os outros, a fim de deixá-lo satisfeito.

Você já consegue entender o porquê de Deus nos ter criado? Foi para que o amássemos e cumpríssemos sempre sua vontade, exatamente por causa do grande amor que sentimos por Ele.

Você ama a Deus? Pois foi por isso que Ele criou você.

Existiu um homem chamado Billy Bray. Billy amava muito a Deus. Gostava de cantar canções que falavam de Deus, porque sabia que Deus gostava de ouvi-lo. Algumas pessoas achavam que ele não devia cantar com tanta freqüência, pois sua voz não era tão agradável como a de outras pessoas. Billy Bray, no entanto, respondia que, embora um corvo só conseguisse grasnar e não fosse capaz de cantar como um canário, Deus havia criado tanto o corvo como o canário e gostava de ouvir os dois. "Meu Pai celestial também gosta de ouvir minha voz, apesar de eu não cantar muito melhor do que um corvo", dizia Billy Bray.

Se amamos a Deus, Ele gosta de ouvir-nos dizer isso.

Um Hino:

A Deus, supremo benfeitor,
A Deus o Filho, a Deus o Pai,
A Deus Espírito, entoai,
Oh céus e terra, o seu louvor. Amém.[4]

Para ler na Bíblia: Salmos 148

Perguntas:

1. Deus nos fez para que pudéssemos amá-lo?
2. Você sabe o que é um traidor?
3. Se Deus nos fez para servi-lo e, em vez disso, servimos a nós mesmos, em que isso nos torna?
4. Mesmo que cantemos mal, como Billy Bray, Deus gosta de ouvir nossos louvores?

Uma Oração:

Nosso Pai, ajuda-nos a glorificar teu grande e santo nome. Ajuda-nos a sempre louvar-te e viver para ti. Em nome de Jesus. Amém.

Outro Hino:

Conta a velha história,
Que fala ao coração,
De Cristo e sua glória,
De Cristo e seu perdão. Amém. (HA, nº 58)[5]

[4] **N. do T.:** Letra: Thomas Ken; música: Louis Bourgeois; tradução: Sarah Poulton Kalley.
[5] **N. do E.:** HA corresponde a *Hinário Adventista*.

Capítulo 7

Mais algumas Coisas sobre nosso Maravilhoso Deus

Quantas coisas você sabe? Já tentou contá-las? Você sabe sobre cães e gatos, ler, fazer contas e muitas outras coisas. Mamãe e papai, porém, sabem muito mais que você. Algumas vezes, as pessoas vão à escola por toda a vida e aprendem cada vez mais. Até mesmo essas pessoas, já no fim de suas vidas, não sabem muita coisa, pois sempre há muito mais para ser aprendido. Há, no entanto, uma pessoa que sabe tudo. Eu acho que você sabe quem é essa pessoa. É Deus. Não há nada que Ele não saiba. Deus fez todas as coisas e conhece todas as coisas. Ele sabe o que você está pensando agora, o que pensou ontem e o que pensará amanhã. Sabe o que aconteceu há milhares de anos e o que acontecerá daqui a milhares de anos. Ele sabe se você o ama ou não. Não podemos esconder nada de Deus, pois Ele está em todos os lugares, conhece todas as coisas e nunca esquece de nada.

Uma outra coisa maravilhosa sobre Deus é que Ele pode fazer o que quiser. Fez o mundo e, se o desejar, pode destruí-lo. Para Ele, não há nada difícil. Ele pode nos curar quando estamos doentes; pode fazer tempestades ou acalmá-las. Pode perdoar os nossos pecados e levar-nos para o céu.

Deus nunca muda. Ele é sempre o mesmo — ontem, hoje e sempre. Ele não fica velho e fraco, como acontece com as pessoas. Talvez você tenha um avô, ou uma avó, que já não esteja tão forte como costumava ser. As pessoas mudam. Algumas são fortes, mas logo ficam fracas. Deus, contudo, é sempre forte.

Deus sabe tudo e é tão forte que pode fazer qualquer coisa que deseje. Ele nunca muda e seu amor nunca cessa. Que Deus maravilhoso!

Existiu um homem chamado Martinho Lutero. Lutero, há muitos e muitos anos, foi um dos grandes líderes da igreja cristã. Conta-se uma história a seu respeito, sobre como ele certa vez esqueceu do quão maravilhoso é Deus. Lutero estava preocupado com muitas coisas. Ele havia esquecido da grandeza de Deus e de que Deus não muda. Esquecera de que Deus podia tomar conta de tudo, de forma que ele não precisava se preocupar com nada.

Certa manhã, ao descer para o café da manhã, Lutero encontrou sua esposa vestida de luto, que é um tipo de roupa que as pessoas vestem quando alguém morre.

— Oh — disse Lutero — quem morreu?

— Você não sabia? — respondeu ela — Deus está morto.

— Como você pode dizer uma coisa tão boba e perversa? — perguntou ele — Como Deus pode morrer? Ele viverá por toda a eternidade. Ele nunca muda. Ele não pode morrer.

— Então — perguntou sua esposa — por que você está tão desanimado se Deus continua vivo?

"Foi então que vi o quão sábia era minha esposa", conta Lutero. "Ela estava tentando fazer-me enxergar que Deus é verdadeiramente o mesmo, que Ele nos ama e que tomará conta de nós. Não precisamos ter medo. Ele é sempre o mesmo e maravilhoso Deus."

Para ler na Bíblia: Salmos 8

Perguntas:

1. Enumere algumas coisas que Deus fez.

2. Cite algumas das coisas que Deus sabe, mas as pessoas não.
3. Será que Deus, algum dia, envelhecerá, como ocorre com as pessoas?

Uma Oração:

Nosso eterno Pai dos Céus, agradecemos porque Tu és único. Agradecemos por seres Todo-poderoso, por nunca mudares e por sempre nos amar. Ajuda-nos, oramos, a fazer-te feliz com nossa forma de vida. Pedimos isso em nome de Jesus. Amém.

Um Hino:

Adorem o Rei, glorioso Senhor,
e louvem a Deus, pois Ele é amor.
É nossa defesa, real proteção,
louvado na glória e com gratidão. (HCC, nº 233)

Capítulo 8

Quem São os Anjos?

Há muito, muito, muito tempo, bem antes de criar Adão e Eva e mesmo antes de fazer a lua e as estrelas, Deus criou outros seres. Como pessoas sem corpos, Deus os fez para viverem com Ele no céu. Esses seres são os anjos.

Não podemos vê-los ou falar com eles, mas eles nos vêem e alguns deles estão ao nosso redor agora mesmo, assistindo e ouvindo o que falamos. Os anjos estão sempre a disposição de Deus quando Ele os ordena a fim de impedir que aconteça qualquer coisa a nós. É claro que, às vezes, é bom sermos machucados, pois assim desejamos ainda mais a Deus. O Senhor nunca disse que nada de ruim nos aconteceria, mas Ele pede para os anjos nos ajudarem de diversas formas.

Tento imaginar o que os anjos devem pensar ao nos observar. Eles provavelmente ficam felizes com o fato de que Jesus morreu por nós, para que pudéssemos ir para o céu.

Como devem ter ficado satisfeitos e surpresos quando viram que o Senhor Jesus decidira deixar o céu e vir à terra para nascer como um pequeno bebê. Com certeza, você deve lembrar do grande coro de anjos que os pastores viram na colina, na noite do primeiro Natal. Eles louvavam a Deus e falavam sobre o nascimento do Senhor Jesus em Belém.

E, puxa, como devem ficar tristes quando nos vêem brigar e agir como se não soubéssemos o quanto Deus nos ama e o quanto já fez por nós! Os anjos estão sempre observando a mim e a você e, portanto, devemos viver de modo a deixá-los felizes.

Alguns anjos são mais importantes que outros. A Bíblia até nos diz os nomes de alguns. Temos Gabriel, que é um mensageiro especial de Deus. Foi ele quem Deus enviou a Daniel, quando este orou durante muitos dias. Um anjo fechou a boca dos leões quando Daniel foi lançado na cova dos leões, mas não sabemos seu nome. Gabriel também apareceu para Zacarias, a fim de avisar que ele teria um filho chamado João Batista. Deus também enviou Gabriel para falar com Maria. Foi ele quem disse a Maria que o Senhor Jesus nasceria e que ela seria sua mãe.

Temos também Miguel, um dos anjos mais poderosos ou talvez o mais poderoso de todos. Vez ou outra ele tem de combater Satanás.

Não sabemos os nomes específicos de outros anjos, mas sabemos que um é diferente do outro e que cada um tem seu próprio trabalho.

Os anjos foram criados por Deus, assim como nós, por isso não devemos adorar os anjos, mas apenas a Deus. Eles não podem fazer o que desejam, como Deus pode, e não conhecem todas as coisas, como Deus conhece. Além disso, não podem estar em todos os lugares ao mesmo tempo, mas Deus sim.

Podemos imaginar que seria maravilhoso ser um anjo, mas é muito mais maravilhoso ser exatamente o que somos: filhos de Deus. Podemos ficar felizes por Deus ter nos salvado e porque ele nos levará para o céu um dia.

Você gostaria de conhecer uma história verdadeira sobre alguns anjos que um jovem viu? Ele era ajudante de um homem chamado Eliseu, que era um dos profetas enviados por Deus para o povo de Israel.

Havia algumas pessoas que não gostavam de Eliseu e queriam machucá-lo, pois ele era um homem de Deus e profetizava ao povo que deviam parar de serem maus. O rei mandou buscar Eliseu a fim de machucá-lo. Para trazê-lo, o rei enviou um exército. Os soldados então cercaram a cidade onde Eliseu vivia. Logo de manhãzinha, o jovem que ajudava Eliseu saiu e viu aquele enorme exército de muitos e muitos soldados. O jovem correu para Eliseu e disse: "Oh, Eliseu, o que faremos agora? Os soldados estão por toda a parte!" Eliseu respondeu: "Não tema! Os anjos estão ao nosso redor".

Então Eliseu orou a Deus e disse: "Senhor, abre, por favor, os olhos desse homem, para que ele possa ver os anjos que mandaste para nos proteger". O homem então viu que havia cavalos e carruagens de fogo ao redor de Eliseu e dele mesmo. Quando os soldados vieram, Eliseu pediu para Deus cegá-los por alguns momentos, a fim de que pudessem escapar. Deus fez isso e eles escaparam. Deus enviou seus anjos para tomarem conta de Eliseu.

Para ler na Bíblia: Atos 12.5-17

Perguntas:

1. Quem são os anjos?
2. Você pode citar os nomes de dois dos mais importantes anjos de Deus?
3. O que é melhor: ser cristão ou anjo?

Uma Oração:

Pai nosso que fizeste os anjos, agradecemos por eles tomarem conta de nós. Agradecemos por sermos teus filhos e não apenas anjos. Ajuda-nos a agir como teus filhos. Em nome de Jesus. Amém.

Um hino:

"Santo! Santo!"
É o canto de anjos bons.
Eu hei de um dia unir
A voz a tais aclamações!
Mas quando eu lhes contar a história
Desta redenção: Mudez!
Não podem compreender
Tão grande salvação![6]

[6] **N. do T.:** Letra: John Oatman Jr; música: John R. Sweney.

CAPÍTULO 9

Quem É Satanás?

Satanás é uma pessoa que não podemos ver. Ele tenta nos fazer mal. No início ele era bom. Foi um dos mais importantes anjos de Deus. Era um importante ajudante de Deus e fazia tudo o que Ele mandava. Que privilégio ele teve de poder conversar com Deus e ver a glória e o poder do Todo-Poderoso!

Então veio um dia muito, muito triste. Um dia tão triste que nem conseguimos imaginar o quanto ele foi triste. Naquele dia, Satanás decidiu que desobedeceria a Deus e que não queria mais amá-lo. Não sabemos por que Satanás decidiu fazer algo tão terrível, nem por que ele teve essa idéia, mas foi isso o que aconteceu. Ele teve inveja de Deus e disse que queria ser igual a Deus. Então passou a ser o maior inimigo dEle e já não queria ajudar, mas ferir a Deus. Foi muita tolice de Satanás imaginar que alguém poderia ferir a Deus, pois Ele possui todo o poder e para fazer o que lhe agrada. Algum dia, Deus dará um castigo tão grande a Satanás, que nem é bom pensar nisso. Deus fez o lago de fogo que chamamos de inferno para punir Satanás por toda a eternidade.

Milhões de anjos bons decidiram ser maus e foram atrás de Satanás. Esses anjos malvados se chamam demônios e estão sempre por aí. Ainda assim, se amarmos ao Senhor Jesus Cristo, eles não podem nos machucar. Deus enviou seus anjos bons para nossa proteção e o próprio Senhor Jesus vive em nós. Os demônios têm um medo tremendo de Jesus, pois eles sabem que, algum dia, Jesus os enviará para o fogo eterno.

Satanás quer que façamos coisas ruins. Podemos pensar: "Ora, não há nenhum problema em roubar aquele biscoito. É um bom biscoito e ninguém vai reparar se eu o comer". Satanás dirá: "Vá lá! Roube!" Mas lembre-se: Se obedecermos a Satanás, estaremos pecando.

Satanás é muito forte, mas Deus é bem mais forte. Devemos ter o cuidado de sempre amarmos a Jesus Cristo, de modo que Satanás jamais tenha a chance de nos magoar ou fazer com que realizemos coisas ruins. Devemos ter o cuidado de nunca rir de Satanás e seus demônios; pois nem Miguel, o arcanjo, fez isso, quando Satanás tentava impedi-lo de fazer o trabalho de Deus. Em vez disso, Miguel falou: "O Senhor te repreenda, Satanás!" O Senhor sempre pode dar um jeito em Satanás, nós não — e nem devemos tentar.

Também precisamos tomar cuidado com os lugares onde os demônios e anjos malvados vão falar com as pessoas. Devemos ficar longe desses lugares. Existem alguns homens e mulheres chamados de espíritas, que sabem como fazer os anjos falarem com uma voz que as pessoas podem ouvir. Então, os demônios fingem que são amigos e parentes que morreram. A Bíblia nos diz para não termos nenhum relacionamento com esse tipo de pessoa, porque Satanás é sempre mentiroso, tal qual seus demônios.

Certa vez, um menino que não era cristão e nem conhecia Jesus Cristo estava em pé na frente de uma fogueira. Um demônio, que é um dos espíritos maus de Satanás, entrou no corpo do menino e o fez pular no fogo. Ele pulou e ficou muito queimado. Seu pai foi rápido e conseguiu salvá-lo.

Depois disso, o demônio continuou fazendo o menino ter esse tipo de atitude, como pular no fogo, a fim de machucá-lo. Um dia, o pai levou o menino até o Senhor Jesus e pediu que o demônio fosse expulso de seu filho. Jesus disse ao demônio para partir e nunca mais voltar. O demônio, é claro, teve de obedecer a ordem de Jesus, porque Jesus é Deus. O menino, então, ficou bom novamente.

Para ler na Bíblia: Isaías 14.12-17

Perguntas:

1. Por que Deus precisou fazer o inferno?
2. Quem é Satanás e como ele foi no passado?
3. Quem é mais forte: Satanás ou Deus?
4. O que Satanás quer que você faça?

Uma Oração:

Deus Todo-poderoso, Criador do céu e da Terra, agradecemos porque os poderes de Satanás não podem nos tocar quando ficamos perto de nosso Senhor Jesus Cristo. Agradecemos por Satanás e seus anjos perversos terem tanto medo de nosso Salvador. Ajuda-nos a ficar perto de Jesus e a sempre amá-lo. Pedimos isso em nome de Jesus. Amém.

Um hino:

Fé é a vitória,
Sim, fé sempre tem poder.
Fé é a vitória,
Ao mundo irá vencer. (HC, nº 610)

Capítulo 10

Como Deus Fez Adão e Eva?

Não sabemos quando foi que Deus decidiu fazer as estrelas e o mundo, os animais, as pessoas e tudo o mais, mas sabemos que houve um dia em que Ele os fez.

Você sabe que ferramentas Deus usou para fazer essas coisas? Quando eu e você fazemos alguma coisa, precisamos de papel, lápis de cor e tesoura. Podemos usar até madeira, um serrote, pregos e martelo. Já quando Deus fez o mundo, não foi assim. Ele não precisou de ferramenta alguma, mas fez tudo a partir do nada. Primeiro, não havia nada; então, Ele disse para o mundo existir e lá estava o mundo! Mandou que o sol surgisse e puf: O sol apareceu. Ele fez as vacas, os cavalos, os peixes, os gafanhotos, os passarinhos, as árvores, a grama e as flores. Deus fez um mundo muito bom. Os animais não caçavam e comiam uns aos outros, como fazem hoje.

E, quando toda a Terra estava pronta, Deus criou Adão, o primeiro homem. Deus tomou um pouco do pó da terra e usou para formar o corpo de Adão. Então, Deus fez com que o corpo tivesse vida.

Como você acha que Adão se sentiu quando viu que estava vivo? Deve ter sido, ao mesmo tempo, estranho e maravilhoso! Ele viu o lindo mundo que Deus fizera para ele. Deus conversava com ele e eles eram bons amigos. Talvez Adão tenha perguntado e ouvido de Deus sobre como ele, Adão, fora criado.

Certo dia, o Senhor Deus decidiu fazer mais uma pessoa, mas em vez de fazer um outro homem, fez uma mulher. Seu nome era Eva. Deus não usou o pó da terra para fazer Eva. Deus primeiro pôs Adão para dormir e, enquanto ele dormia, tirou-lhe uma costela e usou para formar Eva. Deus então deu a mulher para que fosse ajudadora de Adão. Eva deve ter ficado muito surpresa e feliz por estar viva. Ela, Adão e Deus devem ter passado muitos momentos felizes. Adão e Eva não tinham nenhum tipo de pensamento malvado. Os dois eram puros, gentis, retos e fortes. Deus os amava e eles amavam muito a Deus.

Na escola, alguns livros e professores podem não saber como surgiu o primeiro homem e podem não saber que Deus criou Adão e Eva. Algumas vezes, as pessoas que não conhecem a Deus acreditam que, há muito tempo — há milhões de anos, quando nada estava vivo — um pedacinho minúsculo de terra, muito pequeno para ser visto, adquiriu vida de uma hora para outra. Esse pedacinho de terra teve filhos um pouco maiores que ele mesmo, e assim por diante, com os filhos sempre maiores que os pais. Depois de milhões e milhões de anos, aquele pontinho de terra virou um homem. Eu não acredito que Deus tenha feito Adão desse jeito, porque a Bíblia parece dizer que Deus fez o homem de uma só vez. Como Deus é maravilhoso! Ele pode fazer o que quer num piscar de olhos. Como foi fácil para Ele fazer Adão em um segundo, a partir de um punhado de pó da terra.

Certa vez, um homem quis ensinar a seu filhinho sobre Deus. Era primavera, então ele pegou uma pá e saiu para o jardim. Com a pá ele remexeu o solo, deixando-o fofo e preparado para receber sementes. Em seguida, alisou a terra e escreveu: J-O-Ã-O, que era o nome de seu filho. Por fim, colocou as sementes na linha que tinha desenhado, de forma que, quando crescessem, as plantas formassem o nome João.

Alguns dias depois, o menininho entrou correndo em casa e gritou para o pai: "Papai, meu nome cresceu no jardim". Ele tomou o pai pela mão e puxou-o para o jardim.

— Olha, pai, é o meu nome.

— É verdade — disse o pai — pode ser que tenha crescido aí por acaso.

— É claro que não — disse o menino — alguém deve ter plantado.

— Então — respondeu o pai — olhe para suas mãos e seus pés. Suas mãos são perfeitas para trabalhar e brincar. Por que seus pés não ficam no lugar das mãos e as mãos no lugar dos pés? Você acha que eles cresceram no lugar certo por acaso?

— Não — disse o menino — alguém deve ter feito minhas mãos e colocado no lugar certo.

O pai então falou ao menininho sobre Deus, sobre como Ele fez todas as coisas, e o menino jamais esqueceu aquela lição.

Para ler na Bíblia: Gênesis 2.7-25

Perguntas:

1. De que material Adão foi formado?
2. De que material Eva foi formada?
3. De que a Terra foi formada?
4. Quanto tempo Deus levou para fazer Adão?

Uma Oração:

Deus Eterno, Pai celestial, agradecemos por tua grandeza e por teres formado a Terra com uma única palavra. Obrigado por teu imenso poder e por teu grande amor. Em nome de Jesus. Amém.

Um hino:

Deus que fez o sol, a lua a brilhar.
Fez as estrelinhas para cintilar.
Fez o arco-íris para enfeitar,
Foi Deus quem fez o grande mar.

CAPÍTULO 11

Como o Pecado Entrou no Mundo?

Você se lembra de Satanás? Lembra de como ele desobedeceu a Deus e deixou de ser seu ajudador, trazendo sobre si um castigo eterno? Satanás não ficou muito feliz quando Deus criou Adão e Eva, pois eles amavam a Deus e eram muito felizes. Então, ele decidiu tentar fazer com que Adão e Eva desobedecessem a Deus. Se eles desobedecessem, deixariam de ser felizes. Deus precisaria castigá-los e expulsá-los de sua presença para sempre.

Satanás então veio à Terra e falou com Eva. Ele disse a Eva que Deus jamais cumpriria o que tinha prometido.

Deus tinha dito para Adão e Eva não comerem da árvore que estava no meio do jardim. Quando foi falar com Eva, Satanás disse que aquele fruto seria bom para ela e a faria muito feliz. Ele contou uma mentira terrível e Eva acreditou. Ela decidiu desobedecer a Deus. Foi até a árvore e pegou um fruto que Deus tinha proibido que comessem. Comeu e deu um pouco para Adão, que também comeu. Aquele foi o dia mais triste que a Terra já viu.

Sabe o que aconteceu? No mesmo instante em que comeram aquele fruto, Adão e Eva começaram a morrer. Viveram por muitos anos depois daquele dia, mas já não foram anos tão felizes. À medida que o tempo passava, eles envelheciam e ficavam mais fracos e mais tristes. Deus os expulsou do belo jardim onde viviam e disse-lhes que nunca mais voltassem. Fora do jardim, cresciam arbustos de espinhos, plantas venenosas, plantas que davam coceira, mato e ervas daninhas, de modo que, o pobre Adão, mal conseguia plantar para comer. Os leões, ursos e tigres passaram a querer atacar Adão. Depois do que aconteceu, Adão passou a tomar muito cuidado nos lugares por onde andava. Essas coisas aconteceram porque Adão e Eva desobedeceram a Deus. Seus filhos também desobedeceram, assim como os filhos de seus filhos. Todos nós temos sido maus desde então.

Imagine como o mundo seria se ninguém, em todo o mundo, fosse mau. Não existiriam guerras, ladrões ou assassinos. Todos seriam bons, gentis e prestativos com todas as pessoas. Não haveria uma terrível punição após a morte para todos aqueles que pecaram.

Coisas terríveis entraram no mundo por causa daquele dia tão triste, quando Adão e Eva deram as costas a Deus e decidiram fazer o que Ele proibira.

Adão e Eva imaginaram que desobedecer a Deus não seria tão ruim assim. Era isso que Satanás queria que eles pensassem. Ele tenta nos fazer acreditar que o que Deus diz não é importante. Satanás nos diz que, se não fizermos o que Deus manda, só acontecerão boas coisas. Em vez disso, acontecem coisas terríveis, mas aí é muito tarde.

Existe uma história sobre um homem mau que queria assustar e machucar um outro homem. Ele tomou algumas flores que eram do gosto do outro homem e fez um belo buquê. Em seguida, pegou uma pequena cobra muito venenosa e colocou no meio das flores. Por fim, deu o ramalhete de flores ao outro homem. O homem ficou feliz e agradeceu muito, mas ao se inclinar para cheirar as flores, a cobra picou seu rosto.

É assim que Satanás nos dá as coisas. Elas parecem lindas, mas trazem apenas mágoa e tristeza. Quando Satanás nos fala para fazer algo errado, devemos lembrar da história da cobra escondida no meio das flores.

Para ler na Bíblia: Gênesis 3.1-19

Perguntas:

1. Quem é Satanás?
2. Ele ama a Deus?
3. Ele quer que você ame a Deus?
4. O que Satanás disse a Eva?
5. O que aconteceu com Adão e Eva depois de eles pecarem?

Uma Oração:

Oh, Eterno Pai, como nos arrependemos de nossos pecados! Perdoa-nos por algumas vezes, ouvirmos a Satanás em vez de ti. Ajuda-nos a ficar perto de ti, para não sermos enganados por Satanás. Em nome de Jesus. Amém.

Um hino:

Cristo me amou e me livrou,
O Seu imenso amor me transformou,
Foi Seu poder, o Seu querer,
Sim, Cristo o Salvador me transformou. (CC, nº 46)

Capítulo 12

Os Planos de Deus para um Salvador

Já lemos sobre o dia triste e tenebroso em que Adão e Eva pecaram. Os amigos de Deus se tornaram seus inimigos. Eles passaram a ter um coração mau, sempre perverso. Satanás havia entrado no mundo e estragado tudo.

Deus, no entanto, não ficou nada satisfeito com o fato de Adão e Eva terem corações tão maus. Ele não estava disposto a deixar que passassem a eternidade longe dEle e nas trevas do inferno. Embora tivesse de castigá-los, Deus amava muito a Adão e Eva. Ele também o amou muito, apesar de você tê-lo magoado tanto com seus pecados.

Deus tinha um plano para que não precisasse castigar você. O plano era que, em vez de castigar você, Deus castigaria a si próprio pelos pecados que você cometeu. Deus disse: "Sofrerei para que meninos, meninas, seus pais e suas mães não precisem sofrer. Enviarei à Terra Jesus, meu único Filho, para morrer pelos pecados deles".

Foi por isso que Jesus nasceu como um bebê em Belém. Foi por isso que cresceu sem fazer nenhuma coisa de errado, por menor que fosse. Deus, ainda assim, castigou-o. Deus castigou Jesus por causa dos pecados dEle? Claro que não! Jesus não tinha pecado. Ele castigou Jesus no seu e no meu lugar. Puniu Jesus pelos nossos pecados.

Alguns homens perversos o pregaram em uma cruz e Ele morreu por você. Deus o machucou de uma forma que nem podemos imaginar. Jesus desejou ser castigado em nosso lugar. Como Ele é bom e generoso!

Certa vez, um homem roubou algum dinheiro e um policial o colocou na cadeia. O homem foi levado até um juiz, para que fosse decidido quanto tempo ficaria preso. O juiz ficou surpreso quando viu quem havia roubado o dinheiro. Era um amigo seu. O juiz tinha de cumprir seu dever e não podia deixar o homem livre só por ser seu amigo. O juiz decidiu:

— Você devolverá o dinheiro que roubou e ficará preso por trinta dias.

— Mas não tenho nenhum dinheiro — disse o homem — Gastei todo dinheiro que roubei.

— Tudo bem — disse o juiz — Devolverei o dinheiro por você — e o juiz devolveu o dinheiro ao homem que tinha sido roubado.

— Agora — disse o juiz — irei para a cadeia em seu lugar e ficarei lá por trinta dias. Você pode voltar para casa e cuidar de sua família.

O juiz foi para cadeia e lá ficou por trinta dias. O homem que havia roubado foi para casa.

É mais ou menos assim que funciona entre nós e Deus. Deus disse que devemos sofrer por nossos pecados. Então, Ele mesmo sofreu em nosso lugar quando Jesus morreu por nós.

Creio que jamais seremos capazes de agradecer o suficiente por tamanha generosidade da parte de Deus. O que você acha?

Para ler na Bíblia: Lucas 22.39-46

Perguntas:

1. Qual o tamanho do amor de Deus por você?
2. Qual o tamanho do seu amor por Deus?
3. Como você pode demonstrar seu amor?

Uma Oração:

Pai celestial, sabemos que o Senhor Jesus nos amou a ponto de morrer por nós. Ajuda-nos a amá-lo. Ajuda-nos a entregar nossas vidas em teu altar. Nossas vidas pertencem a ti e precisamos de teu auxílio para usá-las em tua obra. Pedimos isso em nome de Jesus. Amém.

Um hino:

Sim, eu amo a mensagem da cruz
Até morrer eu a vou proclamar.
Levarei eu também minha cruz,
Até por uma coroa trocar. (HC, nº 291)

CAPÍTULO 13

Alguns dos Amigos de Deus

Depois de serem expulsos do belo jardim em que foram criados, Adão e Eva tiveram de dar duro para conseguir o que comer. Isso, porém, não foi a pior coisa que lhes aconteceu por terem desobedecido a Deus. Muito mais triste foi o que aconteceu quando eles tiveram filhos, pois seus filhos também eram maus, tal qual o pai e a mãe, e estavam sempre pecando. Os filhos daqueles filhos foram ainda piores e assim por diante, até que o mundo inteiro se encheu de pecadores. Eram tão maus que Deus mandou um homem, chamado Noé, construir um barco enorme que se chamava arca. Deus disse que mandaria uma tempestade tão terrível, que toda terra seca seria coberta pelas águas. Choveria até que todas as casas, árvores e montanhas estivessem cobertas. Todos se afogariam, com exceção de Noé, sua esposa, seus filhos e suas noras.

Deus realmente enviou uma grande inundação, o Dilúvio, e todas as pessoas más se afogaram.

Noé acreditou e obedeceu a Deus. Sua família também deve ter acreditado, pois Noé os teria ensinado a amar a Deus. Seus filhos não desejaram se casar com meninas que não amavam ao Senhor.

Depois de algum tempo, o dilúvio chegou ao fim, a água se foi e todas as pessoas pecadoras tinham se afogado. Sobraram apenas as pessoas que confiavam em Deus. Não seria fácil imaginar que, daquele momento em diante, todo pecado e tristeza seria coisa do passado? Não foi isso que aconteceu. Sabe por quê? Porque ainda havia pecado em Noé e sua família, por mais que tentassem amar e obedecer a Deus.

O mesmo também acontece em nossos corações. Mesmo depois de nos tornarmos cristãos, precisamos deixar Jesus controlar completamente nossos corações, pois sempre existe algum pecado pronto a assumir o controle e nos levar a fazer coisas erradas.

Logo, logo os filhos de Noé também tiveram seus filhos. Os netos de Noé eram maus e mesmo os filhos de Noé eram pecadores, assim como o próprio Noé. Quando o mundo voltou a ficar cheio de pessoas, todas eram pecadoras e tudo voltou a ser como era antes do dilúvio.

Não temos como escapar de nossos pecados, a não ser pelo sangue do Senhor Jesus Cristo. Ele morreu para remover nossas faltas e para ajudar-nos a levar o tipo de vida que Deus quer para nós.

Há três mil anos, no Egito, um rei morreu e foi enterrado dentro de uma pirâmide. Colocaram muitas coisas ao redor dele: as coisas que ele mais gostava enquanto estava vivo. Como ele gostava de comida, havia uma jarra cheia de milho perto de sua cabeça.

Há poucos anos, quando sua tumba foi descoberta, parte do milho encontrado foi retirado e plantado em um jardim. Você acha que este milho, com três mil anos de idade, poderia brotar? Pois brotou, e produziu longas hastes e mais milho.

O pecado em nosso coração é parecido com aquele milho. Por mais velho que fique, está sempre pronto a crescer na primeira oportunidade. Não deixe que ele cresça! Deixe que Jesus tome conta de seu coração. Ele não deixará o pecado crescer.

Para ler na Bíblia: Gênesis 7

Perguntas:

1. Adão e Eva fizeram algo de errado?
2. Os filhos de Adão e Eva também eram maus?
3. Por que motivo Deus enviou o Dilúvio?

4. Quão bons eram Noé e seus filhos após o Dilúvio?
5. Por que eu e você não podemos ser boas pessoas o tempo todo?
6. O que deveríamos fazer a respeito disso?

Uma Oração:

Pai eterno, reconhecemos que nossos corações são muito maus e estão cheios de pecado. Agradecemos por nos perdoar e por nos ajudar a ficar longe do pecado. Agradecemos em nome de Jesus. Amém.

Um hino:

Jesus jamais falhará
Jesus jamais falhará
Céus e terra podem passar,
Mas Jesus jamais falhará.[7]

[7] **N. do T.:** Letra e música: Arthur A. Luther.

PAY TO THE ORDER OF
$ 10,000
TEN THOUSAND DOLLAR'S - NO/100
DOLLARS
FIRST FEDERAL

CAPÍTULO 14

Meu Bom Pastor

Você sabe o que Jesus Cristo fica fazendo lá em cima no céu? Uma das coisas que mais me agrada pensar é que Ele fica nos vigiando e dizendo aos anjos que somos seus filhos e que nossos pecados foram perdoados. Quando Satanás chega para Deus e conta sobre as coisas ruins que fizemos, Jesus diz: "É verdade, mas eu morri por esses pecados". Então, Ele pede ao Espírito Santo para trazer arrependimento ao nosso coração. Além disso, nos ajuda a falar com Deus sobre o nosso arrependimento. Ele é nosso Bom Pastor e nos ajuda a sermos bons filhos de Deus.

Jesus também ama as outras pessoas. Ele nos ajuda a falar de Deus para todo mundo. Capacita seus filhos a realizarem os mais diversos trabalhos, de modo que muitos tipos de pessoas podem ouvir que Jesus morreu para salvá-las. É por isso que nossos pais não trabalham todos no mesmo lugar. Jesus deu um trabalho diferente para cada um, a fim de que pessoas de todos os lugares possam ouvir a respeito dEle. Deus ama todos os seus filhos e também todas essas pessoas, ainda que tais pessoas não o amem.

Existe uma história sobre um pai e uma mãe que não tinham muito dinheiro, mas possuíam seis filhos. Certo dia, um homem rico chegou para eles e falou:

— Darei algum dinheiro a vocês se me derem um de seus filhos, pois não tenho meus próprios filhos.

A mãe e o pai olharam um para o outro, tentando decidir qual de seus filhos poderiam dar ao homem. Pensaram em seu filho mais velho, Tim, mas logo sacudiram a cabeça: "Não", disseram eles, "não podemos entregar o Tim para esse homem". Então pensaram em Sue, mas voltaram a afastar a idéia. Pensaram em cada um de seus filhos, mas sempre acabavam balançando a cabeça e dizendo: "Não, esse não; não, esse não". Por fim, pensaram sobre seu filho mais novo e disseram a mesma coisa.

— Eu lhes darei cem reais — disse o homem rico.
— Não — disseram os pais.
— Então lhes darei mil reais — disse o homem rico.
— Não — disseram os pais.
— Pois bem, lhes darei dez mil reais — disse o homem rico.

O que você diria nessa situação? Acho que você teria dito o mesmo que o pai e a mãe disseram: "Não. Não deixaremos que leve nenhum de nossos filhos".

Jesus nos ama até mais do que aqueles pais amavam seus filhos. Ele não abrirá mão de nenhum de nós. Está sempre pensando em nós e nos amando enquanto está lá no céu.

Para ler na Bíblia: Romanos 8.35-39

Perguntas:

1. Quando Satanás diz que pecamos, o que Jesus diz?
2. Qual o tamanho do amor de Deus por nós?
3. Ele abrirá mão de nós?

Uma Oração:

Pai nosso, agradecemos por teu amor ser tão grande que ninguém pode nos arrebatar de tuas mãos. Ajuda-nos a também te amar e a te agradar com tudo que fazemos. Pedimos isso em nome de Jesus. Amém.

Um hino:

Diz a Bíblia que Jesus
Tem por mim constante amor.
Como é linda sua luz!
Como é bom o Salvador!
Sei que me quer bem,
Que deseja ver-me feliz;
Sei que me quer bem,
A Bíblia assim o diz.[8]

[8] **N. do T.:** Letra: Anna Bartlett Warner; música: William Batchelder Bradbury; adaptação: Rev. Manoel Antônio de Menezes.

DEUS
CÉU

Capítulo 15

A Coisa mais Importante que uma Criança Pode Fazer

Você já tentou imaginar qual seria a melhor coisa que alguém pode fazer? Podemos pensar em muitas coisas. Talvez, acima de tudo, pensemos em ser fiéis e gentis uns com os outros e obedecer papai e mamãe. Essas coisas são, realmente, muito importantes. Também podemos pensar no quanto é importante comer bem e dormir cedo. Todas essas coisas são importantes, mas existe uma outra coisa que é mais importante que tudo isso.

Quer saber o que é?

A coisa mais importante que existe é obedecer a Deus e fazer exatamente aquilo que Ele nos pede. Quando você obedece a Deus, Ele fica muito feliz e lhe dá muitas coisas boas.

Ele guarda suas melhores dádivas para você. No momento certo, as dará a você. Deus as reserva para quando você for morar com Ele no céu. Como será maravilhoso naquele dia se você obedecer a Deus agora!

Ele gosta de dar coisas boas para meninos e meninas que o obedecem. Você consegue imaginar algumas dessas coisas? Vou contar sobre uma delas e você poderá imaginar as outras. Uma coisa que

Ele concede a seus filhos obedientes é a felicidade. Se o obedecem, são felizes; se não o obedecem e fazem coisas ruins, são infelizes.

O que acontece quando você não obedece a Deus? Isso faz alguma diferença? O que acontece quando você não obedece papai e mamãe? Eles se vêem obrigados a lhe castigar. Se desobedecer a Deus, Ele também lhe dará um castigo.

Uma professora da Escola Dominical, ao ensinar as crianças sobre obediência a Deus, disse que a vontade de Deus deve ser realizada tanto na terra como no céu. Ela perguntou: "Crianças, como vocês acham que a vontade de Deus é realizada no céu? Como vocês acham que os anjos cumprem a vontade de Deus?

A primeira criança respondeu: "Eles a cumprem rapidinho, assim que sabem o que Deus quer".

Uma segunda criança respondeu: "Eles fazem o melhor que podem, porque estão fazendo algo para Deus".

A terceira criança disse: "Fazem exatamente o que Deus quer e nem pensam em fazer outras coisas no lugar do que Deus disse".

Nenhuma das outras crianças conseguia pensar em algo mais a dizer. Depois de algum tempo, uma menininha levantou a mão e disse: "Professora, eu acho que eles fazem tudo sem fazer perguntas".

Essa não é uma boa forma de se fazer a vontade de Deus?

Para ler na Bíblia: Atos 5.17-29

Perguntas:

Qual é a coisa mais importante que uma criança pode fazer?

Você pode citar algumas coisas que Deus nos dá quando obedecemos?

Depois de ler o conto acima, consegue lembrar de alguma das maneiras de se obedecer a Deus mencionadas no relato?

Uma Oração:

Querido Senhor Jesus, ajuda-nos a te obedecer em todas as coisas. Que o Espírito Santo nos ajude a cumprir tua vontade. Pedimos isso em teu nome, Jesus. Amém.

Um hino:

Crer e observar
Tudo quanto ordenar;
O fiel obedece
Ao que Cristo mandar. (SH, nº 439)[9]

[9] **N. do E.:** SH corresponde ao hinário *Salmos e Hinos.*

CAPÍTULO 16

O que Acontece quando Pedimos a Jesus para Ser nosso Salvador?

Há muito tempo — muito antes de você nascer — milhões de anos atrás — Deus já sabia que você nasceria e, já naquela época, amava sua vida. Ao longo de todos esses anos, ficou pensando em você e esperando pelo dia do seu nascimento.

Ele também já sabia que, tão logo nascesse, você faria coisas erradas e contrárias à vontade dEle. Ele sabia que você já nasceria com pecado em seu coração. Sabia que teria que castigá-lo por causa de seus pecados. Como Deus não queria lhe dar castigos por causa da sua maldade, ele achou um jeito de salvar você. Deus decidiu suportar todo o castigo em vez de puni-lo. Então ficou decidido que Jesus, o Filho de Deus, deixaria seu lar no céu e viria à Terra para ser punido por nossos pecados.

Foi exatamente assim que aconteceu. Deus enviou Jesus, Ele morreu por você e agora pode pedi-lo que seja seu Salvador.

É possível que meninos e meninas, bem como seus papais e mamães, sejam salvos da grande ira de Deus sem receber Jesus como salvador? Não. É preciso querer a Jesus, amá-lo e servi-lo.

Talvez você não saiba como pedir a Jesus para ser seu Salvador. Não é nada muito difícil. Jesus já sabe quando queremos a salvação. Ele quer apenas que nos disponhamos a falar com Ele sobre esse assunto. Podemos falar com Jesus em oração e dizer algo mais ou menos assim: "Querido Senhor Jesus, já fiz muitas coisas ruins e tenho dado muito desgosto a Deus com os meus atos. Deus, contudo, não deseja me castigar, enviando-me para o inferno. Foi por esse motivo que Ele o castigou, o Senhor Jesus, em meu lugar. Deus o puniu pelos meus pecados. Eu te agradeço, Senhor Jesus, por seres bondoso a ponto de sofrer e morrer por mim. Não havia nada que eu pudesse fazer por conta própria, mas tu me salvaste".

Você não precisa usar essas mesmas palavras, porque Deus sabe o que você quer dizer. As palavras utilizadas são o que menos importa; mas às vezes, dizer as palavras nos ajuda a perceber o que Jesus fez por nós.

Um pai costumava tomar seu filho nos braços e falar com ele a respeito de Jesus. O menino nunca se cansava daqueles agradáveis relatos. Certo dia, com o filho sentado no colo, o pai disse ao menino:

— Será que meu menino gostaria de ir para o céu?

— Sim, papai, é claro que eu gostaria — respondeu o menino.

— Mas como você pode ir para o céu? Seu coração tem pecado. Como é que você espera ir para onde Deus está?

— Mas todos nós somos pecadores, papai.

— Isso é verdade, mas Deus disse que somente os puros de coração chegariam a vê-lo. Como, então, meu garotinho espera chegar lá?

O rosto do menino ficou muito triste e ele começou a chorar. Repentinamente, um sorriso brotou por entre as lágrimas e ele disse:

— Mas papai, Jesus pode me salvar!

Sim, Jesus ficou feliz de salvar aquele menino e ele também quer salvar você. Já pediu para Jesus salvar a sua alma? Ele deseja que você peça isso a Ele.

Para ler na Bíblia: João 3.1-18

Perguntas:

1. Quem foi castigado por nossos pecados?
2. Precisamos pagar algum dinheiro para Jesus nos salvar?
3. Se pagarmos muito dinheiro, Jesus nos salvará?
4. Por que motivo Jesus morreu na cruz?

Uma Oração:

Querido Senhor Jesus, sabemos que não há como pagar para chegarmos ao céu, mas agradecemos pela vida eterna que nos deste gratuitamente, a fim de, contigo, estarmos no céu por toda a eternidade. Em teu nome, Jesus. Amém.

Um hino:

Abre o coração!
Abre o coração!
Jesus quer te libertar;
Abre o coração! (HC, nº 495)

CAPÍTULO 17

Por que Jesus me Salvou?

Existe uma história sobre um homem que tinha um porco de estimação. Ele mantinha o porco sempre limpo e bem escovado, com uma fita amarrada no pescoço. O porco seguia o homem por todos os lugares. Era um animal de estimação muito estranho.

Certa vez, ao fazer uma viagem de navio pelo oceano, o homem saiu para passear pelo convés com seu porco a segui-lo. De alguma forma, o porco conseguiu passar pela balaustrada (que impede as pessoas de caírem no mar) e caiu no oceano. O homem correu para o comandante, dizendo: "Meu porco, meu porco! Meu porco caiu no mar! Pare o navio! Meu porco vai se afogar!"

O comandante do grande navio riu do homem.

— Não podemos parar esse navio por causa de um porco — disse o comandante.

— Se fosse um homem que tivesse caído no mar, você pararia o navio? — perguntou o dono do porco.

— É claro que sim — respondeu o comandante.

Então o dono do porco correu e lançou-se ao mar. O imenso navio teve de parar e tanto o homem como o porco foram trazidos de volta para o navio.

Você não acha que a atitude daquele homem foi um tanto tola: arriscar a própria vida por causa de um porco?

Você lembra que Jesus deu sua vida por nós e que somos piores que porcos, somos pecadores? Jesus saltou para o oceano de pecado onde estávamos, resgatou-nos e nos deu a Deus, o comandante do navio. Graciosamente, Deus nos tomou para si e nos fez seus filhos. Agora, somos pecadores salvos e fomos transformados em filhos e filhas de Deus. Neste instante, todos os anjos, como também Satanás e seus companheiros perversos, podem testemunhar o quão maravilhoso é o amor de Deus! É tão maravilhoso que foi capaz de nos salvar — nós, pecadores, piores que porcos — e nos dar novos corações, aptos a amar o Senhor Jesus. Todos os anjos do céu louvam a Deus pelo que Ele fez à sua vida. Eles ficam contentes por você amar a Deus.

Algumas vezes, quando as pessoas cultivam flores, são realizados concursos para ver quem possui as mais bonitas. Você sabia que, pertencendo a Jesus Cristo, você é uma linda flor de seu jardim? Não é como um porco. Jesus pode trazer os anjos a seu jardim e mostrar a sua vida como quem mostra uma flor. Sua vida demonstra o quão generoso, magnífico e maravilhoso Deus é! É claro que não estamos falando de um jardim de verdade, com flores de verdade, mas acerca do quanto Deus ama sua vida e sobre como Ele transformou seu coração.

É muito ruim que ainda não sejamos tudo o que Deus quer de nós. Se prestarmos atenção uns nos outros, veremos que ainda fazemos muitas coisas ruins e que nossas vidas não são assim tão bonitas. Deus, contudo, gosta de nos ver como seremos após nossa morte. Quando olha para baixo, em nossa direção, Ele consegue ver que fomos perdoados e que, algum dia, seremos lindas flores em seu jardim. É claro que não estou dizendo que você vai virar uma flor! Imaginar porcos e lindas flores pode nos ajudar a compreender o quanto Deus fez por nós e o quanto ainda vai fazer.

Para ler na Bíblia: Lucas 15.3-7, 11-24

Perguntas:

1. Pode um porco, por conta própria, tornar-se um cordeiro?
2. É possível que pecadores, por conta própria, se transformem em filhos e filhas de Deus?
3. Quem pode nos transformar em filhos e filhas de Deus?
4. Como alguém pode se tornar filho ou filha de Deus?

Uma Oração:

Muito obrigado(a), Senhor Jesus, por teres morrido por mim. Amém.

Um hino:

Graça, graça,
fonte de paz, de perdão e amor!
Graça, graça, graça de Deus para
o pecador! (HCC, nº291)[10]

[10] **N. do E.:** HCC corresponde a *Hinário para o Culto Cristão.*

Capítulo 18

Se eu Tentar Ser Bom, Jesus me Salvará?

Você sabia que não dá para sermos bons o bastante a ponto de merecermos a salvação? Algumas pessoas dizem: "Se eu tentar ser realmente bom; fizer tudo o que mamãe e papai mandarem; obedecer todas as ordens da professora; for gentil com as outras crianças; nunca brigar, discutir ou me zangar; nunca roubar nada e não machucar ninguém, serei uma pessoa tão boa que Deus me levará para o céu".

Isso não é verdade. Esse não é o caminho para o céu. O problema é que, por mais que tentemos ser bons, estamos sempre fazendo, dizendo e pensando coisas que não são boas. Provavelmente, por mais que nos esforcemos, temos todos os dias pelo menos um pensamento ou palavra mal-humorados. Isso significa que nossos corações continuam maus.

E ainda que ficássemos o resto de nossas vidas sem fazer uma única coisa ruim, o que faríamos com tudo o que fizemos no ano passado, ontem, ou mesmo hoje? Como poderíamos nos livrar de todas essas coisas más?

Quantos pecados são necessários para Deus nos castigar? Cem pecados, talvez? Não! Basta *um* único pecado e todos nós já pecamos; não uma, mas muitas, muitas vezes.

Além disso, quando Adão e Eva pecaram lá no Jardim do Éden, comendo o fruto que Deus tinha proibido, foram afetados a ponto de seus descendentes nascerem com corações malvados. É por esse motivo que, muitas vezes, até mesmo as criancinhas não querem fazer o que a mãe lhes manda. Elas ficam muito bravas e malvadas.

Uma vez que nascemos com corações malvados e fizemos tantas coisas ruins, Deus não pode nos deixar entrar no céu simplesmente porque tentamos ser boas pessoas. De modo nenhum! Deus sempre pune o pecado. Mesmo que você tenha prometido agir corretamente de agora em diante, Ele tem de punir seu pecado.

Deus, contudo, castigou Jesus em vez de punir você. Jesus morreu pelos seus pecados e assumiu seu castigo. Como Jesus Cristo amou você a ponto de morrer em seu lugar!

João havia roubado uma bicicleta e abandonado na rua. Um carro passou por cima dela e a quebrou completamente. A bicicleta pertencia a Pedro e ele sabia que João a tinha roubado. Pedro disse:

— João, você vai ter de me comprar uma bicicleta nova!

— Não dá não — respondeu João — Sinto muito por ter roubado sua bicicleta e por ela estar quebrada, mas nunca mais roubo uma bicicleta sua. Se eu tentar ser bom, não vou precisar pagar pela bicicleta.

João estava certo? Sentir remorso e tentar ser bom é o suficiente?

Para ler na Bíblia: Romanos 3.10-18,23

Perguntas:

1. Você já fez alguma coisa errada? O que foi?
2. Quantas coisas erradas precisamos fazer para ficar fora do céu?
3. Como você pode chegar ao céu?

Uma Oração:

Pai celestial, já pecamos e fizemos muitas coisas erradas, mas te agradecemos por Jesus ter morrido em nosso lugar e por ter ido preparar um lugar para nós no céu. Em nome de Jesus. Amém.

Um hino:

Hei de ser forte em confessar
Jesus meu redentor;
E sempre firme em confiar
No seu infinito amor.[11]

[11] ϖ Letra: Isaac Watts; música: Ralph Hudson; tradução: Rev. John J. Ransom.

Capítulo 19

Um Filho de Deus

Algumas vezes dizemos que uma criança é filha de Deus. O que significa isso? Isso quer dizer que já não temos nossos pais e mães? Não, é claro que não! Deus nos deu nossos pais e mães para eles nos amarem e tomarem conta de nós. Agora, no entanto, temos uma outra pessoa que nos ama ainda mais e que pode tomar conta de nós ainda melhor. Essa pessoa é Deus.

Quando amamos Jesus, seu Filho, Deus nos adota em sua família e passamos a ser tanto seus filhos e filhas, como somos filhos e filhas de nossos pais e mães. Isso não é maravilhoso?

Você já tentou imaginar o porquê de Deus nos tornar seus filhos? Por que Ele desejaria filhos com pecado no coração, tão maus e egoístas? Não podemos entender por que Deus é tão bondoso, mas a Bíblia afirma que Ele não tem vergonha de nos chamar filhos e filhas. Ele nunca quer se livrar de nós ou nos fazer partir. Ele nos ama mesmo quando somos maus. Não faz separação entre alguns favoritos que Ele quer embaixo de suas asas, e outros, que não ama tanto assim. Ele ama você de todo o coração e sempre. Mesmo quando você age mal, o amor dEle continua o mesmo. Mesmo quando precisa lhe aplicar um castigo, ainda o ama de todo o coração; pois, se você ama a Jesus como seu Salvador, você é filho ou filha de Deus.

Quando Deus se torna seu pai, Jesus passa a ser seu irmão mais velho. Não é estranho e maravilhoso ter como irmão aquEle que nos criou e fez o mundo? Jesus é Filho de Deus e nós somos filhos de Deus, portanto Jesus se tornou nosso amado irmão mais velho. A Bíblia nos diz que Ele não tem vergonha de nos chamar de irmãos.

Não se envergonha de nós porque morreu para que fôssemos bons, para nos tornar seus irmãos e irmãs. Morreu para que fizéssemos parte da família, parte da família de Deus. Agora, Jesus partilha todas as boas coisas que Deus lhe deu. Ele nos dá a vida eterna. Ele nos levará para o céu e nos dará coisas maravilhosas lá. Removerá todo o nosso pecado e finalmente seremos o tipo de filhos de Deus que devemos ser.

Era uma vez um grande rei que era muito rico. Ele possuía muitos servos e vivia em um lindo castelo feito de ouro. Certo dia, enquanto caminhava por uma rua acompanhado de alguns de seus súditos, o rei viu um menino muito pobre que vestia roupas cheias de buracos. O rei descobriu que o menino não tinha mãe nem pai, então o levou para morar no palácio e o menino se tornou filho do rei. O rei amava seu novo filho e lhe dava muitos presentes incríveis. Quando o menino chegou à idade adulta, passou a ajudar o rei na administração de parte de seu reino.

Você e eu somos como aquele menino, uma vez que fomos adotados na família de Deus. Ele nos dá muitas coisas boas e, algum dia, pedirá que o ajudemos a governar.

Para ler na Bíblia: Romanos 8.14-17

Perguntas:

1. Deus nos quer, como seus filhos e filhas, por sermos muito bons?

2. Alguém pode se tornar filho de Deus? Como?
3. Deus continua nos amando quando temos atitudes más?
4. Como Deus castiga você? Ele continua nos amando quando nos castiga?
5. Se Deus é seu pai, então Jesus, o filho dEle, é seu i________.

Uma Oração:

Querido Pai, quão maravilhoso foi o teu desejo de nos ter como teus filhos e filhas e irmãos e irmãs do Senhor Jesus Cristo. Agradecemos por seres tão generoso conosco. A ti nos dirigimos, ó Deus, em nome de Jesus. Amém.

Um hino:

Eu sou filho do Rei
Filho do Rei
A Deus seja a Glória,
Eu sou filho do Rei.[12]

[12] **N. do T.:** Letra: Harriet E. Buell; música: John B. Sumner.

CAPÍTULO 20

Onde Jesus Estava antes de Nascer?

No Natal, cantamos sobre Jesus ter nascido em uma manjedoura. Lemos sobre como os anjos, os pastores e os homens sábios ficaram felizes com o seu nascimento.

Você sabia que, milhões de anos antes de nascer em Belém, Jesus já estava vivo e com o Pai nos céus? Ele sempre esteve nos céus com Deus, porque Ele é Deus. Lá no céu, milhões de anjos se prostravam diante dEle e cantavam lindas canções sobre seu esplendor e misericórdia.

Certo dia, enquanto ainda estava lá em cima no céu, Ele fez o mundo. Em um outro dia, fez Adão e Eva, que desobedeceram a Deus e se tornaram pecadores. Eles tinham de ser punidos, mas Jesus não quis que isso acontecesse. Também não quer que você enfrente qualquer castigo. Ele disse: "Irei e morrerei e serei punido pelos pecados deles".

Então chegou o dia em que Jesus deixou o céu e os milhões de anjos que o amavam. Veio para o mundo e nasceu, mas Ele não era exatamente como os outros bebês, pois Ele é Deus. Você consegue imaginar um amor assim tão grande? Jesus nos amou de tal forma que se dispôs a nascer como um bebê, crescer e morrer por nossos pecados!

Um certo homem, com mais de noventa anos de idade, ouviu de seu pastor a seguinte pergunta:

— Meu bom velhinho, o senhor ama a Deus?

O homem, que já tinha um rosto repleto de rugas, levantou a face e sorriu, pois ele já amava a Jesus há mais de sessenta e sete anos. Ele tomou as mãos do pastor entre as suas e disse:

— Querido pastor, eu podia lhe dizer algo melhor que isso.

— E o que seria? — perguntou o pastor.

— Pastor — continuou o velhinho — *Ele me ama.* Ele já me amava quando estava no céu, antes de nascer como um bebê em Belém. Ele me ama agora e me amará para sempre, após eu morrer e ir para o céu com Ele.

Para ler na Bíblia: João 14.1-12

Perguntas:

1. Você sabe há quantos anos Jesus nasceu em Belém, naquela primeira manhã de Natal? Se não, pergunte a mamãe e papai.
2. Onde Jesus estava antes de nascer?
3. Por que Jesus decidiu sair do céu e nascer na Terra?
4. Jesus ama você?
5. Você ama Jesus?

Uma Oração:

Querido Senhor Jesus, somos gratos por tua disposição em deixar o céu e vir para a Terra por alguns anos. Agradecemos porque vieste para morrer por nós. Ajuda-nos a viver para ti. Em nome de Jesus. Amém.

Um hino:

> Obrigado, Senhor, por salvar minha alma,
> Obrigado, Senhor, por me completar.
> Obrigado, Senhor, também por me dar
> Tua Salvação, gratuita e sem par.

CAPÍTULO 21

Em que o Menino Jesus Era Diferente dos outros Bebês?

O Natal é uma época feliz. É quando recordamos que Deus nos deu um presente maravilhoso e que esse presente foi Jesus.

Gostamos muito de ler a respeito da época em que Jesus nasceu em Belém. Lemos sobre como os anjos falaram de Jesus aos pastores nas colinas, e sobre como eles vieram e o adoraram. Você também deve lembrar de como os homens sábios trouxeram presentes para Jesus.

Você sabia que o nascimento de Jesus envolveu algo diferente e maravilhoso? Acontece que Maria era mãe de Jesus, mas José, marido de Maria, não era pai de Jesus. Nenhum homem foi pai de Jesus, como acontece comigo ou com você. O pai de Jesus era Deus.

Por que isso é importante? Que diferença faria se José fosse pai de Jesus? Ora, se José fosse pai de Jesus, Jesus não seria o filho único de Deus e, se Deus não fosse o pai de Jesus, Jesus não teria sido capaz de curar os doentes ou ressuscitar os mortos. O mais importante é que, se Jesus fosse filho de José, Ele seria uma pessoa como eu e você, com maldade no coração. Ora, se Jesus tivesse um coração mau, não poderia ter morrido por nós. Ele teria de morrer por seus próprios pecados, não pelos nossos. Jesus, porém, não morreu por seus próprios pecados. Ele não tinha nenhum, porque Deus é o seu pai. Agora você entende por que é tão importante sabermos que José não foi pai de Jesus?

Quando falamos sobre esse fato curioso e maravilhoso, de Jesus ter possuído uma mãe, mas não um pai humano, dizemos que Jesus nasceu de uma virgem. Nenhum outro bebê jamais nasceu de uma virgem, pois qualquer outro bebê precisaria ter um pai. Jesus, contudo, não precisou de um pai humano, pois Deus já era seu pai.

Era uma vez um homem, que passou a observar as formigas que corriam no chão. Ele as seguiu até onde viviam e encontrou um enorme formigueiro, com milhares de formigas nele. O homem então pensou: *Caso eu quisesse falar com essas formigas, como deveria agir? Eu poderia gritar, mas elas não me ouviriam nem compreenderiam. Poderia escrever uma carta para elas, mas elas não leriam.* Por fim, ele pensou: *Se ao menos pudesse me tornar uma formiga, eu falaria com elas e elas me entenderiam.*

Então, o homem continuou pensando: *Foi assim que Deus agiu. Ele decidiu não apenas nos olhar lá de cima, do céu, mas optou por se tornar um de nós, a fim de poder falar conosco sobre seu amor. Foi por isso que Jesus veio, nasceu como um pequeno bebê e cresceu para nos contar sobre o amor de Deus e para demonstrar esse amor ao morrer por nós.*

Para ler na Bíblia: Mateus 1.18-25

Perguntas:

1. Quem era a mãe de Jesus?
2. Quem era o pai de Jesus?
3. Quem era José?
4. No que diz respeito aos nossos pecados, teria feito alguma diferença se José tivesse sido o pai de Jesus?

Uma Oração:

Deus, nosso eterno Pai, como é maravilhoso saber que Jesus é teu filho! Agradecemos por Ele não nunca ter pecado e por ter morrido em nosso benefício, pelos nossos pecados. Queremos estar incluídos entre aqueles pelos quais Ele morreu. Muito obrigado por tua disposição em nos receber em teus braços. Em nome de Jesus. Amém.

Um hino:

Noite de paz, noite de amor;
Tudo dorme, em derredor!
Entre os astros que espargem a luz
Bela, indicando o menino Jesus,
Brilha a estrela da paz,
Brilha a estrela da paz. (HC, nº 120)

Capítulo 22

Os Milagres de Jesus

Você, com toda certeza, lembra de algumas das maravilhas que Jesus realizou enquanto estava aqui na Terra. Lembra, por exemplo, da vez em que Ele e seus discípulos saíram em um barco para atravessar o mar da Galiléia e uma grande tempestade veio sobre o barco? Os discípulos ficaram morrendo de medo, mas Jesus continuou dormindo tranqüilamente. Eles correram até Cristo e o acordaram, dizendo: "Mestre, não te importa que o barco afunde e nos afoguemos todos? Por que não nos ajudas?" Jesus ficou triste por eles sentirem medo. Ele disse às ondas e ao vento para ficarem quietos e a tempestade imediatamente passou.

Você lembra da vez em que um amigo de Jesus chamado Lázaro morreu? Lázaro foi enterrado por seus amigos e já estava sepultado há quatro dias quando Jesus chegou. Jesus foi até a sepultura e disse para Lázaro ressuscitar. E Lázaro voltou a viver.

E você lembra de quando Jesus alimentou milhares de pessoas com apenas cinco pãezinhos e dois peixinhos? Quando Ele partiu os pães e os peixes, aquele pouco se multiplicou e sempre havia mais para partir e distribuir ao povo.

Numa outra oportunidade, quando uma garotinha estava doente, Jesus lhe disse para ficar boa e ela, instantaneamente e sem qualquer remédio, sarou.

Jesus fez muitas e muitas coisas maravilhosas como essas. É muito bom lembrar dos feitos maravilhosos de Jesus, porque são o que chamamos de milagres. Um milagre é algo que Deus faz e o homem não pode fazer. Um médico não pode curar uma menina instantaneamente e ninguém pode trazer alguém de volta à vida, exceto Deus.

Algumas vezes, os mágicos — homens comuns que fazem truques de mágica — conseguem realizar algumas coisas que parecem bastante impressionantes. O que fazem, contudo, são apenas truques que procuram nos fazer acreditar que algo aconteceu, quando na verdade nada aconteceu. Um de seus truques favoritos é mostrar uma cartola vazia — um chapéu bem comprido, sem nada dentro — e então puxar um coelho lá de dentro. O objetivo do mágico é nos fazer acreditar que ele fez o coelho e que pode fazer as coisas aparecerem do nada. É claro que isso não é verdade! Ele coloca o coelho na cartola quando não estamos olhando.

Algumas pessoas dizem que os milagres realizados por Jesus também podem ter sido apenas truques, como os que o mágico faz. Acontece que mágico algum jamais fez quem quer que fosse ressuscitar, nem qualquer das outras coisas que Jesus realizou. Não, Jesus não é um mágico, Jesus é Deus. Por isso, se assim o desejar, Ele pode dar vida às pessoas.

Os milagres ainda acontecem hoje em dia? Sim. Às vezes oramos por pessoas que estão muito doentes e Deus as cura. Normalmente, Deus deixa que os médicos façam isso, mas vez ou outra Ele cura a pessoa sem usar o conhecimento dos médicos.

Sempre que oramos, esperamos que Deus realize um milagre. Pedimos que Ele faça algo que não podemos fazer por conta própria.

Eis o relato verdadeiro de um milagre. Certa vez, uma missionária estava passando, a cavalo, por uma estrada na longínqua China. Repentinamente, alguns ladrões a cercaram, tomaram todo seu dinheiro e ainda levaram seus óculos. Ela precisava muito de seus óculos, pois não conseguia ler sem eles. Estava a quilômetros de distância de um oculista que pudesse lhe dar óculos novos. Ela pediu ajuda a Deus e, enquanto voltava para casa, lembrou-se de que possuía um outro par de óculos esquecido em uma gaveta. Quando chegou em casa, encontrou os óculos e agradeceu a Deus por tê-los encontrado. Ao colocá-los, porém, eles já não funcionavam e ela enxergava tudo embaçado. Ela tirou os óculos e estava muito triste. O que você acha que aconteceu então? Ela descobriu que podia ler perfeitamente sem eles! Deus respondera sua oração. Ela tinha orado por um outro par de óculos, mas Deus curou seus olhos a fim de que ela não precisasse mais deles. Essa história é verdadeira e é um maravilhoso exemplo de que milagres ainda acontecem em nossos dias.

Deus faz um milagre sempre que lhe pedimos? Não. Algumas vezes, não quer que tenhamos aquilo que pedimos em oração. Devemos ter o cuidado de pedir que nos conceda apenas as coisas que Ele mesmo quer que tenhamos, e não qualquer coisa que possamos desejar. Então, devemos ficar satisfeitos e confiar nEle.

Para ler na Bíblia: Marcos 6.32-44

Perguntas:

1. O que é um milagre?
2. Você consegue citar um dos milagres que Jesus fez?
3. O que é um mágico? Ele consegue fazer milagres?
4. Consegue lembrar de algum milagre que Jesus tenha feito por você após você orar por algo?

Uma Oração:

Querido Senhor Jesus, agradecemos pelos milagres do passado, como quando um cego voltou a enxergar. Também te agradecemos por desejares ouvir nossa oração e por estares disposto a realizar milagres em nossos dias, por nós. Ajuda-nos a confiar em ti. Amém.

Um hino:

Saudai o nome de Jesus,
Arcanjos vos prostrai.
O Filho do glorioso Deus,
Com glória coroai.
O Filho do glorioso Deus,
Com glória coroai. (HC 42)

U.S.

CAPÍTULO 23

A Morte de Jesus Cristo

Agora vamos conversar sobre uma das coisas mais terríveis e esquisitas que já aconteceu, embora seja também fantástica. Lembra de quando Adão e Eva comeram do fruto que Deus lhes tinha proibido comer? Naquele mesmo instante, seus corpos foram transformados e eles começaram a envelhecer. O mundo ao seu redor também ficou diferente: Espinhos e farpas começaram a crescer; animais, como leões e tigres, começaram a atacar os outros animais. Todas essas coisas estranhas e infelizes aconteceram porque Adão e Eva pecaram.

O pior de tudo é que Deus teve de dizer que Adão e Eva mereciam viver para todo o sempre longe dele, o Senhor. Que coisa terrível! Como teria sido melhor se Adão e Eva tivessem obedecido a Deus.

Nunca esqueça, porém, que Deus amou Adão e Eva tanto quanto ama você. Da mesma forma que Adão e Eva, você também pecou e merece a mesma punição. Como Deus o ama, decidiu que puniria Jesus Cristo em seu lugar.

Jesus, o Filho de Deus, nunca pecou. Ele foi o único ser humano, nascido nesse mundo, capaz de morrer pelos pecados de uma outra pessoa. Ele morreu pelos seus pecados e pelos pecados de Adão e Eva.

Você sabe como Jesus morreu? Alguns homens que não gostavam nada dEle o tomaram e o pregaram em uma cruz de madeira. Aquilo machucou muito o Senhor Jesus, porque pregos foram cravados em suas mãos e pés. Não somos capazes de compreender o quanto Jesus sofreu, mas sabemos que, pela primeira vez, Deus abandonou seu próprio filho. O Senhor Jesus foi deixado nas trevas, longe de Deus. Ele morreu por você.

Agora, você pode ter todos os seus pecados perdoados! Basta dizer a Deus que aceita Jesus, aquele que morreu em seu lugar, e Ele estará pronto a perdoar seus pecados.

Há muitos e muitos anos, quando um soldado não cumpria as ordens de seu comandante, ele podia ser punido com golpes de chicote nas costas, que é um longo pedaço de couro que faz cortes profundos a cada golpe. É claro que machuca e dói demais. Certa feita, naquela época, um soldado de uma tenda roubou algum dinheiro dos soldados da tenda vizinha.

Os homens daquela tenda, contudo, não queriam revelar quem roubara o dinheiro. Os oficiais avisaram que todos seriam punidos. Então Willie, uma rapaz que na verdade era novo demais para ser soldado, disse: "Senhor, que eu seja castigado para que os outros homens sejam deixados em paz. Eu não peguei o dinheiro, mas quero ser punido pelo homem que o roubou".

O comandante ficou contrariado, pois Willie não roubara o dinheiro e não merecia ser punido. Por fim, o oficial decidiu açoitar Willie.

Amarraram-no em uma árvore e rasgaram sua camisa. O oficial então começou a castigá-lo. O chicote deu o primeiro golpe e cortou fundo em suas costas, mas Willie não gritou. Veio a segunda chicotada e mais uma vez suas costas foram feridas.

Na terceira chicotada, um dos homens deu um passo adiante e gritou: "Pare, pare. Eu roubei o dinheiro. Não o chicoteie mais, chicoteie a mim".

Willie, porém, disse: "Não. Eu já fui chicoteado e, agora, ele não pode mais castigá-lo. Eu já suportei o castigo por você".

Assim, eles deixaram o ladrão sair livre e não o puniram, pois já haviam punido Willie em seu lugar.

Naquela noite, Willie morreu, pois seus ferimentos eram muito graves.

Pode ser que isso lhe ajude a entender um pouco melhor como o Senhor Jesus Cristo — que criou os céus, a Terra, você e eu — veio ao mundo e foi castigado, a fim de que você pudesse ficar livre.

Você já agradeceu a Jesus por ter morrido em seu favor?

Para ler na Bíblia: Isaías 53.1-12

Perguntas:

1. Quando Deus fez os espinhos e as ervas daninhas?
2. Antes de Adão e Eva pecarem, os animais tentavam machucar uns aos outros?
3. Se não houvesse pecado no mundo, haveria brigas de qualquer tipo? Por quê?

Uma Oração:

Deus, nosso eterno Pai, sabemos que até as criancinhas que desobedecem a Deus precisam do Senhor Jesus para salvá-las. Agradecemos do fundo de nosso coração por Ele ter morrido por nós. Ajuda-nos, Pai querido, a amarmos Jesus e obedecer-lho em todas as coisas. Pedimos isso em nome de Jesus. Amém.

Um hino:

Do mundo Deus se condoeu
De tal maneira que lhe deu
Por Salvador o Filho seu.
Louvor ao Pai e ao Filho daí! (CC, nº 21)

Capítulo 24

Jesus Ressuscita

Pedro, Tiago, João e os outros discípulos ficaram terrivelmente tristes quando Jesus morreu na cruz. Acreditavam que Ele assumiria a posição do rei, por causa dos muitos milagres que fizera e de tudo que lhes ensinara a respeito de Deus. Ficaram muito surpresos quando Deus deixou Jesus morrer. Eles provavelmente pensaram se ele era realmente o filho de Deus ou se, em vez disso, era apenas um ótimo amigo que havia morrido.

Por três dias, após a morte de Jesus, os discípulos ficaram perambulando sem saber o que fazer sem seu Mestre. Então, na manhã de domingo, quando algumas mulheres foram à sepultura de Jesus, descobriram que ela estava vazia e que o corpo de Jesus não estava lá. Pensaram que alguém roubara seu corpo ou que, talvez, o tivessem levado para enterrar em outro lugar. Enquanto pensavam a respeito disso, alguns anjos vieram e avisaram que Jesus estava vivo, que Deus o ressuscitara e que, em breve, Ele mesmo voltaria para conversar com elas. Os discípulos não puderam acreditar nisso, mas, logo em seguida, quando todos estavam reunidos, Jesus apareceu no meio deles. Sua aparência era a mesma de antes, mas Ele tinha um novo tipo de corpo. Podia atravessar paredes e conseguia entrar em um quarto sem ter de passar pela porta. De repente, Ele estava lá; em seguida, Ele tinha sumido.

Deus prometeu trazer seus filhos de volta à vida após a morte. Ele tem poder para isso? E como tem! Sabemos disso porque ressuscitou a Jesus. Agora, portanto, morrer não faz muita diferença, porque voltaremos a viver. Deus disse isso!

Algumas pessoas perguntam: "Como você sabe que Jesus realmente levantou de sua tumba?" Uma forma de saber que Jesus estava morto e ressuscitou é prestar atenção no que aconteceu com seus discípulos. Eles ficaram muito tristes com a morte de Jesus. Três dias depois, estavam tão felizes que nem sabiam o que fazer, pois tinham visto o Mestre novamente. A maior parte deles acabou sendo assassinada, pois ficavam dizendo o tempo todo que Jesus estava vivo. É claro que, ao saber que morreriam por falar essas coisas, não ficariam insistindo a não ser que acreditassem firmemente nisso — a não ser que realmente tivessem visto Jesus novamente vivo.

Três dias após a morte de Jesus, dois de seus amigos caminhavam por uma estrada e ambos estavam realmente muito tristes. Conversavam acerca da morte de Jesus e sobre terem acreditado que Jesus viveria para sempre e se tornaria um grande Rei. Enquanto falavam, um terceiro homem apareceu subitamente e seguiu com eles pelo caminho. O homem perguntou o motivo de estarem tão tristes e eles explicaram que era por causa da morte de Jesus.

Então o terceiro homem falou: "Mas por quê? Vocês não sabem que a Bíblia diz que Jesus deveria morrer? Não fiquem surpresos com sua morte, pois já estávamos avisados de que isso aconteceria". O terceiro homem, então, começou a falar sobre tudo que o Antigo Testamento ensinava a respeito de Cristo morrer por nossos pecados. Ele fez com que entendessem que, se Jesus não tivesse morrido, o pecado deles não poderia ser perdoado.

Em seguida, os dois companheiros convidaram o terceiro homem para que os acompanhasse e os ensinasse um pouco mais e ele aceitou o convite. Os três sentaram para jantar e, de repente, algo aconteceu: eles viram que o terceiro homem era o próprio Jesus. O próprio Jesus Cristo tinha explicado o motivo de sua morte. Os dois foram pegos de surpresa e não sabiam o que fazer, quando Jesus desapareceu diante de seus olhos.

Como eles ficaram felizes por ver Jesus! Como foi bom Jesus lhes explicar essas coisas, a fim de que já não estivessem tristes.

Eles rapidamente saíram da mesa e foram procurar seus amigos. Contaram a todos que Jesus estava vivo, pois o tinham visto com seus próprios olhos.

Para ler na Bíblia: João 20.1-18

Perguntas:

1. Por que os discípulos ficaram surpresos ao visitar a sepultura de Jesus?
2. O que tinha acontecido com Jesus?
3. Após ressuscitar, o corpo de Jesus podia fazer coisas que nossos corpos não conseguem. Que coisas eram essas?
4. Você consegue contar a história sobre Jesus e seus dois amigos caminhando pela estrada?

Uma Oração:

Pai celestial, agradecemos porque Jesus ressuscitou. Agradecemos porque, como Ele vive, nós também podemos viver. Ajuda-nos a sempre meditar e considerar teu amor e poder. Em nome de Jesus. Amém.

Um hino:

Confiando no Senhor, avançai, avançai!
Esperando em seu amor, avançai!
A Jesus sempre exaltai,
Seu poder anunciai
Sua graça proclamai, avançai! (CC, nº 446)

CAPÍTULO 25

Jesus Retorna para seu Pai no Céu

Você já ficou longe do papai ou da mamãe por um ou dois dias? Talvez isso lhe tenha acontecido enquanto visitava uns amigos ou a vovó. Você lembra de como ficou feliz ao voltar para casa? Mesmo que nunca tenha ficado longe de casa, não é difícil imaginar o quanto é bom voltar para a companhia da mamãe e do papai.

Quando Jesus deixou seu Pai no céu e veio viver no mundo, ficou longe de casa por trinta e três longos anos. Dá para imaginar o quanto Ele devia estar ansioso para voltar para seu Pai e para sua casa, com todos os gloriosos anjos? Finalmente, os trinta e três anos chegaram ao fim e era hora de Ele voltar para o céu.

Ele levou seus discípulos para uma pequena colina e, enquanto conversava com eles, começou a subir em direção ao céu. Uma nuvem foi em sua direção e Ele entrou na nuvem, ficando fora da vista de todos.

Não conhecemos o lugar para onde Ele foi, mas sabemos que foi para o céu, a fim de ficar com seu Pai. Não sabemos onde fica o céu. O céu pode estar a milhões e milhões de quilômetros mas, provavelmente, Ele chegou ao seu lar logo após entrar na nuvem.

Como deve ter sido maravilhoso quando Jesus chegou lá! Milhões de anjos estavam esperando por Ele, cantando louvores de glorificação e alegria, pois seu Senhor Jesus estava de volta ao lar.

Todos se prostraram perante Cristo, maravilhados por Ele ter deixado as glórias do céu para vir à Terra nos salvar. Estava, enfim, de volta. Eles assistiram quando Deus, seu Pai Todo-poderoso, recebeu Jesus, seu Filho, de volta ao trono da glória de onde ambos reinariam para sempre.

Jesus ainda está no céu? Sim, continua lá. Você sabe o que Ele faz lá? Eu vou contar para você: Está preparando nosso lar. Ele está nos esperando para irmos morar no céu com Ele! Ficará muito feliz com isso!

E não é só isso que Ele fica fazendo. Constantemente intercede por você e, sempre que você peca, lembra a Deus que você pertence a Ele e que Ele morreu pelos pecados cometidos por você.

Algum dia, quem sabe muito em breve, Jesus mais uma vez deixará os céus e virá até a Terra. Ele voltará para levar seus filhos para o céu, os quais ficarão lá com Ele para todo o sempre.

Um certo menino disse à sua mãe:

— Mamãe, eu não entendo muito bem por que todo mundo fala tanto de Jesus ter morrido por nós. Se eu pudesse salvar algumas pessoas morrendo por elas, acho que toparia. Se fosse um milhão de pessoas, eu certamente aceitaria.

— Você não consegue entender — respondeu a mãe — porque nem consegue imaginar o que Jesus teve de enfrentar para nos salvar. Meu filho, diga-me uma coisa: você morreria por um punhado de gafanhotos?

Aquela última frase fez o garoto pensar. Depois de alguns dias, ele procurou sua mãe com uma resposta na ponta da língua.

— Mãe — começou ele — não sei a respeito dos gafanhotos, mas se fossem alguns milhões de mosquitos, eu deixaria que morressem!

Quando pensamos em nosso relacionamento com Deus, não temos nem uma fração da importância que geralmente acreditamos ter. Ainda assim, Deus enviou seu filho para morrer por nós. Jesus, agora, ora noite e dia em nosso benefício e, em breve, virá nos buscar para ficarmos com Ele para sempre no céu.

Para ler na Bíblia: Atos 1.9-14

Perguntas:

1. Por quanto tempo Jesus ficou longe de seu Pai nos céus?
2. Conte sobre como Ele se despediu dos discípulos ao voltar para seu Pai.
3. Se você fosse um anjo do céu, presente na ocasião da volta de Jesus, como teria se sentido?
4. Onde Jesus está agora?
5. O que Ele está fazendo?

Uma Oração:

Querido Senhor Jesus, que estás nos céus e olhas por nós, ouve agora nossa oração. Agradecemos por tanto nos amar e porque, um dia, moraremos para sempre no céu. Enquanto esperamos por esse momento, ajuda-nos a viver de forma a sempre glorificar teu nome. Oramos em teu nome, Jesus. Amém.

Um hino:

Quão bondoso amigo é Cristo!
Carregou co'a nossa dor,
E nos manda que levemos
Os cuidados ao Senhor.
Falta ao coração dorido
Gozo, paz, consolação?
Isso é porque não levamos
Tudo a Deus em oração. (HC, nº 200)

CAPÍTULO 26

Jesus Está Voltando

Algum dia, não sabemos quando — pode ser até mesmo hoje — nosso Senhor Jesus virá à Terra e nos levará com Ele de volta para o céu. Que dia maravilhoso será! Finalmente veremos nosso Senhor Jesus. Ele não avisou o dia exato, a fim de que ficássemos esperando por sua Vinda a qualquer momento. Ele quer que o aguardemos e que façamos coisas boas. Se nos dissesse o ano e o dia exato de sua Vinda, poderíamos não dar a mesma importância à necessidade de levarmos uma vida sempre correta. Talvez nos sentíssemos tentados a esperar até aquele grande Dia para vivermos uma vida reta, mas seria tarde demais, pois essa não seria nossa prática.

Jesus, portanto, não nos contou o dia de sua Vinda.

Também não sabemos sobre como Ele virá, mas Deus nos contou tudo que precisamos saber a respeito. A Bíblia nos diz o suficiente para que compreendamos o mais importante. O mais importante é que Ele vem e nos levará para ficar com Ele por toda a eternidade. A Bíblia também nos diz que haverá novos céus e uma nova Terra. Esse mundo será incinerado, ou seja, completamente consumido pelo fogo. Deus fará tudo novo e bom. Já não haverá tristeza, pecado ou sofrimento.

Dois meninos conversavam sobre a volta de Jesus. Um deles disse:

— Fico imaginando o que acontecerá nas rodovias. Os carros vão continuar em frente sem que ninguém esteja na direção. Vão acontecer acidentes terríveis.

— Imagine o que acontecerá com os trens — disse o outro menino.

— E com os aviões, então? — retrucou o primeiro.

Então o segundo menino disse algo muito sábio:

— Acho que não devemos ficar pensando no que acontecerá. Devemos é pensar em como viver para Jesus agora.

Aquele menino estava certo.

Você gostaria de ver a Jesus? Gostaria de poder se ajoelhar, adorar e agradecer àquEle que deu a vida por você?

Talvez você possa e isso pode acontecer hoje mesmo. Ele pode voltar agora mesmo e levá-lo para ficar com Ele para todo o sempre.

Para ler na Bíblia: 1 Tessalonicenses 4.13; 1 Tessalonicenses 5.1-6

Perguntas:

1. Quando Jesus voltará?
2. Por que acreditar que Ele pode voltar hoje nos ajuda a fazer boas coisas?

Uma Oração:

Agradecemos, Senhor Jesus, pela tua volta. Ajuda-nos a pensar em ti diariamente e a estarmos preparados para tua volta. Em nome de Jesus. Amém.

Um hino:

O Rei está voltando! O Rei está voltando!
A trombeta está soando, para os santos trasladar.
Sim, o Rei está voltando! O Rei está voltando!
Aleluia! Ele vem nos buscar! (HC, nº 547)

2:03
AM

Capítulo 27

O Espírito Santo

Você sabe quem é o Espírito Santo? Você lembra de que existem três pessoas que são Deus, e que há apenas um Deus? Bem, o Espírito Santo é uma dessas pessoas. Nós o chamamos de Deus Espírito Santo. As outras duas pessoas são Deus Pai e Deus Filho.

O Espírito Santo sempre esteve vivo. Quando Jesus criou o mundo, o Espírito Santo também estava lá e participou no trabalho.

Certo dia, ao conversar com seus discípulos, logo antes de morrer por nós, Jesus disse que voltaria ao céu para estar com Deus Pai e que lhes enviaria o Espírito Santo. De fato, dez dias após Jesus sumir nas nuvens, o Espírito Santo foi enviado a eles.

Eis como tudo aconteceu. Os discípulos estavam conversando e orando juntos, no segundo andar de uma casa. De repente, ouviu-se um barulho que parecia o de um vento soprando muito forte e esse barulho encheu toda a casa onde estavam reunidos. Quando olharam uns para os outros, viram como que línguas de fogo se espalhando entre eles. O Espírito Santo lhes tinha sido enviado pelo Senhor Jesus. De uma hora para outra, cada um daqueles homens passou a falar em idiomas que não conhecia. Alguns deles receberam a capacidade de curar pessoas e até mesmo de ressuscitá-las. O Espírito Santo os tornou tão felizes, que podiam cantar até mesmo quando eram feridos por aqueles que não amavam o Senhor Jesus.

O Espírito Santo mora no coração de todo aquele que ama ao Senhor Jesus, ajudando-lhe a viver por Cristo. Todos os pensamentos e desejos virtuosos vêm do Espírito Santo. Ele ajuda você a confiar e obedecer. Ajuda a ser puro, amável e honesto. É por causa dEle que você pode ter amor, alegria, paz e felicidade em seu coração. Seu corpo é morada do Espírito Santo.

O Espírito Santo não está apenas em seu coração, mas também no céu, intercedendo por você. Você não conhece a melhor forma de falar muitas coisas para Deus, mas o Espírito Santo pega suas palavras pobres e fracas e as transforma em uma oração correta e poderosa. Por ser Deus, o Espírito Santo pode interceder de uma forma que Deus ouve e atende. A Bíblia diz que o Espírito Santo ora com gemidos e suspiros profundos para serem expressos em palavras. Isso significa que Ele clama a Deus por você e por suas orações. Não é fantástico ter o próprio Deus ajudando você a orar?

Além de ajudá-lo, o Espírito Santo também ajuda pessoas que ainda não são cristãs a aceitarem a Jesus.

É o Espírito Santo que lhe ajuda a entender a Bíblia quando você a lê. Se ficar muito difícil de compreender o que ela diz, basta orar e pedir ajuda ao Espírito Santo.

Veja uma história sobre como o Espírito Santo age algumas vezes.

Certo homem, que não sentia amor algum por Deus, foi convidado para uma reunião onde ouviria o evangelho ser pregado. O homem riu e disse que jamais iria. Algumas pessoas que amavam o Senhor Jesus decidiram orar por esse homem. Reuniram-se naquela noite e oraram até de madrugada para que o homem fosse salvo de seus pecados.

O homem por quem aquele grupo orava havia ido para a cama em seu horário habitual, mas, por volta de duas horas da manhã, ele subitamente acordou. Começou a lembrar de todas as coisas erradas que tinha feito, ao mesmo tempo que imaginava o juízo de Deus e o destino eterno que o aguardava. Deitado na cama, começou a tremer. Ele então lembrou do que alguém dissera sobre o Senhor Jesus ter morrido por ele. Pulou da cama, ajoelhou no chão e começou a pedir que Deus o perdoasse por causa de Jesus. Depois disso, ele ficou tão feliz! Mal conseguiu esperar até de manhã para contar tudo ao amigo que o tinha convidado para a reunião. Ele ficou muito surpreso ao saber que tinham orado por ele durante a noite inteira. O Espírito Santo, após acordar o homem, fez com que ele enxergasse o grande pecador que era.

Para ler na Bíblia: João 16.7-15

Perguntas:

1. Quem é o Espírito Santo? Onde Ele está?
2. Você pode citar algumas das coisas que Ele faz?
3. O que pode impedir o Espírito Santo de nos ajudar da forma que gostaria?

Uma Oração:

Senhor Jesus, agradecemos por teres enviado o Espírito Santo para nos ajudar de tantas formas. Ajuda-nos a viver uma vida reta, a fim de que o Espírito Santo possa agir como desejar em nosso coração. Em nome de Jesus. Amém.

Um hino:

Ó Senhor, nós esperamos
Que escutes a oração;
Nós, Teus servos, já clamamos,
Com humilde coração.

Teu Espírito, vem, derrama,
Sobre cada coração!
E no crente, que a Ti clama,
Vem, confirma a petição. (HC, nº 290)

Capítulo 28

Os Cristãos Podem Fazer Coisas Erradas?

Já aprendemos que não é possível ser bom o bastante para ganhar o céu. Somente Jesus, por sua morte e ressurreição, pode nos salvar. Isso quer dizer que não faz a menor diferença se somos bons ou maus? Depois de nos tornarmos cristãos, pedindo a Jesus para ser nosso Salvador, podemos continuar com nossas más ações e esperar que Ele nos salve de qualquer maneira?

Uma das coisas incríveis que nos acontece, quando Jesus entra em nossos corações, é que Ele mesmo nos ajuda a ser pessoas melhores. Por que motivo, então, ainda queremos, vez ou outra, fazer coisas ruins?

Isso acontece porque, enquanto ainda estivermos aqui na Terra, continuaremos possuindo corações que podem pecar. Mesmo assim, uma vez em nossos corações, Jesus nos ajuda a evitar o pecado — se essa for nossa vontade.

Satanás, por sua vez, continua querendo que façamos coisas más. Satanás é forte. Ele é mais forte que o mais forte dos anjos. Também sabe como nos enganar e fazer com que desejemos ser maus e perversos. Contudo, você não pode esquecer que Jesus é maior e muito mais forte que Satanás e ele morre de medo de Jesus. Quando pedimos a ajuda de Jesus, Satanás se esconde.

Quando chegarmos ao céu, Jesus nos dará um novo coração que não pode ser tocado por Satanás. Então, nunca, jamais voltaremos a querer fazer coisas ruins.

Será maravilhoso quando finalmente tivermos novos corações! Já não teremos nada, dentro de nós, sugerindo que façamos coisas ruins ou nos ajudando a ficar com raiva!

E, sabe, tem algo de muito estranho nisso tudo. Quer saber o que é? Apesar de ter entrado em nossos corações, Jesus não faz Satanás partir assim, do nada. Precisamos suplicar isso a Jesus e pedir para que Ele tome conta de nossas vidas.

Certa vez, perguntaram a uma menina:

— Por que você já não faz as coisas feias que fazia antes de Jesus entrar em seu coração? Satanás não a incomoda mais?

— Incomoda sim — respondeu a menina — ele continua insistindo e batendo na porta do meu coração, mas peço a Jesus para atender a porta por mim e, quando Satanás o vê, sai correndo.

Para ler na Bíblia: Romanos 6.1-10

Perguntas:

1. O que Satanás quer que façamos?
2. Você é mais forte que Satanás?
3. Quem é mais forte que Satanás?
4. O que a menina, na história, faz para impedir que Satanás a leve a desejar coisas ruins?

Uma Oração:

Amado Senhor Jesus, agradecemos por tu seres Deus e por seres mais forte e poderoso que qualquer um, inclusive Satanás. Ajuda-nos a manter nossos corações fortes e puros para ti. Em teu nome, Jesus. Amém.

Um hino:

Quem de Cristo ao lado sempre quer andar?
Quem quer ajudá-lo a outros chamar?
Pela tua graça pelo teu amor,
Eis-nos a teu lado, somos teus, Senhor. (CC, nº 452)

Capítulo 29

Quem Está no Trono do seu Coração?

Você sabe o que é um trono? Um trono é uma linda poltrona, de onde o rei, sentado, fala a seu povo.

O que você diria se eu lhe contasse que há um trono em seu coração, com alguém sentado nele? Espero que você não esteja nesse trono.

É claro que não se trata de um trono de verdade — de um lugar onde alguém pode realmente sentar — mas podemos fazer de conta que esse lugar existe e que há uma pessoa de verdade em nossos corações. Esse é o Rei que diz a meninos e meninas cristãs o que eles devem fazer. Você sabe quem é essa Pessoa? É Jesus.

Existe, contudo, uma outra pessoa que tenta sentar no trono e nos dizer o que devemos fazer. Sempre que Jesus lhe aponta um caminho e você escolhe uma outra direção, isso significa que é você quem está no trono, tomando todas as decisões. Isso quer dizer que você decidiu assumir o trono do seu coração, mandando Jesus descer de um lugar que é dEle por direito. Satanás dá gargalhadas quando você faz isso. Ele sabe que, quando Jesus está fora do trono, ele consegue levá-lo a fazer todo tipo de coisa ruim. Satanás gosta quando você fica rebelde e impertinente, chorando quando mamãe pede sua ajuda. É fácil agir assim quando Jesus não está no trono para nos ajudar.

Sempre que você assume o trono e o posto de rei em sua vida, Satanás não tem medo algum de perambular pelo seu coração e fazer tudo dar errado. Ele sabe que é mais forte que você e ri na sua cara, pois acredita que ele mesmo é o rei do seu coração.

Agora, quando Jesus está sentado no trono, Satanás nem tenta se meter. Ele fica escondido, aguardando, até que você decida voltar a assumir o trono.

Assim como nosso Senhor Jesus é muito forte, Ele também é muito bom, meigo e gentil. Não fica no trono à força, mas somente se você lhe pede para ficar. Após se tornar cristão ou cristã, uma de suas tarefas mais difíceis e importante é aprender como evitar o desejo de sentar no trono. Deus ajudará, se você lhe pedir. Ele pedirá para o Espírito Santo conversar com você a respeito.

Quem é o rei da sua vida? Quem está sentado no trono do seu coração? É você que está aí, controlando sua vida, ou você deixa que Jesus assuma o trono?

Para ler na Bíblia: Romanos 6.14-23

Perguntas:

1. Quem deseja se sentar no trono do seu coração?
2. Quando nos sentamos no trono, o que Satanás faz?
3. Quando Jesus está sentado no trono, o que Satanás faz?

Uma Oração:

Deus Todo-Poderoso e Pai celestial, precisamos de tua ajuda e pedimos ao Senhor Jesus para sentar no trono de nossos corações, impedindo que Satanás nos leve a desejar coisas ruins. Agradecemos por Jesus ser mais forte que Satanás. Pedimos isso em nome de Jesus. Amém.

Um hino:

Mais perto, perto da Tua cruz,
Quero estar, ó Salvador!
Mais perto, perto, perto da Tua cruz,
Leva-me, ó meu Senhor! (HC, nº 55)

Capítulo 30

Mantendo o Rei em seu Trono

Você se lembra do trono que há em seu coração? Lembra dos reis que querem lá governar? Um deles é Jesus, o verdadeiro Rei; o outro, é você. Quando, porém, você assume o trono e faz o que bem deseja, Satanás fica livre para fazer o que quiser em seu coração e tudo dá errado. Já quando Jesus está no trono, Satanás se esconde e você pode ser uma pessoa feliz e prestativa. Então, o Senhor Jesus, mamãe e papai se agradam do que você faz. Tudo vai bem quando Jesus governa o seu coração, mas tudo dá errado quando você tenta fazer aquilo que quer.

Como você consegue evitar o desejo de assumir o trono? Como pode manter Jesus sempre no trono? Não é estranho que depois de tudo que Jesus fez, nós, às vezes, ainda peçamos para Ele sair e nos deixar cuidar de nossas próprias vidas? Ainda assim, é isso que fazemos na maioria das vezes. Agora, portanto, vou lhe dizer como consertar as coisas de modo que você não desejará ninguém além de Jesus no trono e aceitará apenas Ele como Rei. Eis o que fazer: conheça a Jesus cada vez mais e, assim, o amará mais e mais e desejará que só Ele governe seu coração. Por que isso ajuda? Quero dizer, apenas conhecer melhor a Jesus já faz diferença? Bem, logo que uma criança nova se muda para a vizinhança, você não sabe se vai ou não gostar dela, porque você não a conhece muito bem. Quanto mais agradável ela for, melhor você a conhecerá, mais gostará dela e mais a chamará para brincar.

Com Jesus, funciona da mesma forma. Quanto mais o conhecermos, mais o amaremos, mais confiaremos nEle e mais desejaremos que faça o que quiser em nossa vida. Quanto mais o conhecermos, mais quereremos que Ele esteja sempre no trono do nosso coração.

Você não gostaria de conhecer melhor a Jesus? Sabe qual é uma das melhores formas de conhecê-lo melhor? Conversando com Ele. Essa é sempre uma das melhores formas de se conhecer as pessoas. Nós, contudo, não podemos ver Jesus; logo, como podemos conversar com Ele? Nós conversamos com Jesus quando oramos. Não podemos vê-lo, mas Ele nos escuta sempre que falamos com Ele, apesar de não falarmos em voz alta e ninguém mais ser capaz de nos ouvir.

Uma outra forma de conhecê-lo é ouvir quando Ele fala conosco. Você não sabe como Ele fala conosco? Isso acontece quando lemos a Bíblia. Ao lermos a Bíblia, estamos ouvindo Deus falar conosco, pois ela é a sua Palavra. Nem sempre conseguimos entender o que Ele fala, mas não precisamos entender tudo de uma vez. Quando lemos, pensamos na Palavra de Deus e a ouvimos ser lida para nós, o Senhor Jesus e seu Espírito Santo nos ajudam a conhecer melhor a pessoa de Jesus.

Houve um menininho que estava muito infeliz e zangado. Na verdade, ele estava tão irritado que sua mãe teve de lhe dar uma bronca. Ela lhe deu umas palmadas e mandou-o para seu quarto. Ele ficou em seu quarto por cerca de meia hora. Quando voltou, estava sorrindo e seu rosto estava muito feliz. Sua mãe ficou muito contente, mas não conseguia entender o que acontecera. Por fim, ela lhe perguntou.

O menino respondeu: "Eu estava muito nervoso porque ontem, na Escola Dominical, a professora perguntou se nós iríamos para um outro país, falar de Jesus para as pessoas, se Deus quisesse que fôssemos missionários e missionárias. Eu não queria, então disse 'não'. Assim que disse não para Deus, o Senhor Jesus saiu do trono do meu coração.

Acontece que, quando subi para o quarto, comecei a pensar no quanto Jesus me ama e em que Ele morreu por mim. Senti vergonha por estar no trono que é dEle e por decidir se seria ou não um missionário. Então disse a Jesus que, se quisesse que eu fosse um missionário, eu seria um. Então saí do trono, o Senhor Jesus voltou para ele e agora estou muito feliz".

Para ler na Bíblia: Romanos 12.1-13

Perguntas:

1. Quantas pessoas podem sentar no trono do seu coração ao mesmo tempo?
2. Por que conhecer melhor a Jesus é algo que nos ajuda?
3. Você consegue explicar por que isso é parecido com o que acontece quando uma nova criança se muda para sua vizinhança?
4. Cite uma boa maneira de conhecer melhor a Jesus.

Uma Oração:

Querido Senhor Jesus, queremos te conhecer melhor e ficamos felizes de podermos nos aproximar de ti e por tu amares nossas vidas. Ajuda-nos a te conhecer melhor, de forma que nosso amor e confiança sejam cada vez maiores. Pedimos isso em nome de Jesus. Amém.

Um hino:

Eu quero ser Senhor amado
Como um vaso nas mãos do oleiro
Quebra a minha vida
E me faça de novo
Eu quero ser um vaso novo.

CAPÍTULO 31

Dando Frutos

Certa vez, enquanto um pai e seu filho andavam por um caminho, o menino notou um galho morto que caira de uma árvore.

— Pai — disse o menino — veja aquele galho. Vamos levá-lo para casa e plantá-lo, então veremos as folhas e os frutos crescerem.

— Oh, não — exclamou o pai — esse galho está morto. Não dará folhas ou frutos. Está morto.

— Não existe nenhuma forma de fazermos com que ele dê maçãs?

— Não, ele está realmente morto — respondeu o pai — a única forma de ele brotar seria Deus lhe dar uma nova vida e torná-lo outra vez parte da árvore.

Então o pai explicou ao menino:

— Nós éramos como esse galho morto e Jesus é como uma árvore viva. Não podíamos fazer nada por nós mesmos. Então Jesus nos pegou, fez o galho morto voltar a viver e nos colocou na árvore viva. Só que, em vez de darmos maçãs e pêras, como as árvores de verdade, damos frutos como bondade, amor, gentileza e alegria.

Éramos todos como o galho morto, mas Jesus nos trouxe de volta à vida e devemos dar frutos para provar isso.

Para ler na Bíblia: João 15.1-8

Perguntas:

1. Pode um galho morto voltar a viver, sem a ação de Deus?
2. A Bíblia diz que os pecadores estão mortos no pecado. Por que eles são como galhos mortos?
3. O que Deus fez para salvar as pessoas que estavam mortas no pecado?

Uma Oração:

Pai nosso que estás no céu, sabemos que, por causa de nossos pecados, precisamos de um Salvador. Agradecemos porque nos salvaste e nos deste uma nova vida em Cristo, nosso Senhor. Pedimos, ainda, que nos faças dar bons frutos. Em nome de Jesus. Amém.

Um hino:

Minha pequena luz
Eu vou deixar brilhar
Minha pequena luz
Eu vou deixar brilhar
Minha pequena luz
Eu vou deixar brilhar
Deixar brilhar, deixar brilhar, deixar brilhar.[13]

[13] **N. do T.:** Autor desconhecido.

Capítulo 32

Como Você Pode Saber quando alguém Ama ao Senhor Jesus?

Você já pensou se alguém que você conhece ama ao Senhor Jesus? Sabia que há uma forma de descobrir sem perguntar? Algumas vezes, uma pessoa pode dizer que é cristã sem realmente ser. Há, contudo, uma forma de sabermos com certeza. Trata-se de um teste que o Senhor Jesus nos ensinou, a fim de descobrirmos o quanto o amamos. Ele explica que podemos verificar isso pelas coisas que fazemos. Aquelas pessoas que dizem amar ao Senhor Jesus, fazendo tudo o que podem para agradá-lo, realmente demonstram o amor que dizem ter. Já as que dizem amá-lo, mas não fazem o que Ele manda, não devem amar Jesus tanto assim.

Que coisas Jesus quer que façamos para demonstrar que o amamos? A primeira e mais importante de todas é sermos gentis e amáveis com as outras pessoas. Podemos ser gentis com nossos pais quando os ajudamos e fazemos rapidamente tudo o que nos mandam. Jesus fica feliz quando obedecemos a nossos pais com alegria e satisfação.

Com quem mais podemos ser gentis? Podemos ser amáveis e gentis com nossos irmãos e nossas irmãs, deixando que brinquem com nossos brinquedos e jogos. Também podemos ser amáveis com as outras crianças na escola. Com certeza, você conseguirá pensar em muitas outras maneiras.

Quando não é gentil com as outras pessoas, o problema é que você ama mais a si mesmo que a Jesus. Se amasse mais a Jesus, desejaria obedecê-lo mesmo quando não está com vontade.

É claro que isso não é algo fácil de fazer. É preciso prática. Se você faz aulas de piano, joga futebol ou faz algum outro esporte, sabe que é preciso praticar para ficar bom em alguma coisa. Ora, o mesmo também é válido para quando procuramos fazer as coisas que Deus quer, em vez daquilo que queremos fazer. Sermos agradáveis uns com os outros é algo que precisamos praticar. Se alguém nos diz algo desagradável, não é difícil pensar em algo ainda pior para dizer sobre a pessoa. Em vez disso, precisamos praticar o ato de perdoar. Isso é extremamente importante. A Bíblia, em diversas partes, fala que amar os outros e ser agradável é uma das coisas mais importantes na vida de um cristão. Eis como podemos demonstrar o quanto amamos a Jesus.

O senhor Silva era um ótimo cristão, mas certo dia seu cavalo fugiu do pasto e invadiu o milharal de seu vizinho. O vizinho do senhor Silva ficou furioso e chamou a polícia. O cavalo foi capturado e exigiram que o senhor Silva pagasse para ter o cavalo de volta.

Após um ou dois dias, o senhor Silva encontrou-se com seu vizinho, o qual ainda estava muito zangado.

— Se eu voltar a pegar seu cavalo em meu milharal, voltarei a chamar a polícia — disse seu vizinho.

— Caro vizinho — respondeu o senhor Silva — não faz muito tempo olhei pela minha janela ao anoitecer e vi suas vacas em meu pasto. Afugentei-as de lá e voltei a prendê-las em seu pasto, onde elas deviam estar. E se suas vacas voltarem a invadir meu pasto, farei a mesma coisa novamente.

O senhor Silva foi tão gentil com seu vizinho, que o homem arrependeu-se de ter ficado zangado.

O que teria acontecido se o senhor Silva também tivesse se zangado e dito ao vizinho que, se as vacas voltassem a seu pasto, ele chamaria a polícia? Você acha que o vizinho do senhor Silva teria desejado se tornar cristão?

Como você acha que o Senhor Jesus teria se sentido a respeito disso?

Para ler na Bíblia: 1 João 2.3-14

Perguntas:

1. Como se pode dizer o quanto alguém ama ao Senhor Jesus?
2. Pode citar algumas formas de como ser gentil com outras pessoas?
3. Quantas horas uma criança precisa praticar para ser uma boa pianista?
4. Ser gentil com os outros é algo que uma criança precisa praticar?
5. Se alguém não é educado com você, qual a melhor forma de acertar as contas com essa pessoa?

Uma Oração:

Querido Senhor Jesus, foste tão generoso e gentil em nos salvar, que te pedimos ajuda para sermos gentis com as outras pessoas. Ajuda-nos a demonstrar teu amor, de modo que se tornem teus filhos. Em teu nome, Jesus. Amém.

Um hino:

Eu, em qualquer lugar
Em que me possa achar,
Ó Deus, desejo te servir
E teu amor sentir. (HCC, nº 367)

CAPÍTULO 33

E se Pecarmos após Sermos Salvos?

Hoje falaremos sobre o que fazer quando, mesmo amando a Jesus, você descobre que ainda faz coisas que o entristecem.

Quando Jesus se torna nosso Salvador e nossos pecados são lavados, isso não quer dizer que nossos problemas com o pecado se acabaram daquele momento em diante. Satanás continuará tentando nos levar a fazer coisas ruins. Quando não ficamos atentos a fim de estarmos próximos de Jesus, acabamos pecando.

E o que devemos fazer a respeito disso? A Bíblia nos dá a resposta. Ela diz que devemos confessar nossos pecados, ou seja, dizer a Jesus que nos arrependemos por ter pecado. Ele então nos perdoa e podemos ficar novamente felizes. E se não pedirmos perdão a Jesus? Então Jesus precisará nos castigar. Ele deixa que nos metamos em encrenca ou deixa de nos dar algo que Ele mesmo gostaria que tivéssemos.

Quando finalmente nos aproximamos de Jesus, confessando nosso pecado e agradecendo por seu perdão, a tempestade passa de imediato e voltamos a sentir o seu amor. É quando somos desobedientes e papai e mamãe são obrigados a nos castigar. Eles ficam infelizes e nós também, mas quando tudo acaba e todos as questões são resolvidas, nossos corações voltam a se encher de alegria.

Alguns acreditam que devemos procurar uma outra pessoa, que não sabe nada do que fizemos, contar os nossos pecados e pedir que nos perdoe. Não é isso porém, que a Bíblia ensina. Nenhum homem ou mulher pode nos perdoar. Somente Deus pode fazer isso. Deus ensina que podemos e devemos ir diretamente a Ele. Deseja que nós, e ninguém mais, nos coloquemos diante dEle e contemos os nossos pecados.

Certa manhã, quando saia para trabalhar, o pai de Antônio lhe disse:

— Antônio, você vai aparar parte da grama hoje?

— Sim, pai, eu vou — respondeu Antônio, apesar de não gostar nem um pouco de aparar a grama.

Quando seu amigo José apareceu, Antônio lhe disse:

— José, eu lhe dou cinqüenta centavos se você cortar a grama.

Quando o pai de Antônio voltou do trabalho naquela tarde, ficou muito contente e disse:

— Antônio, você fez um ótimo trabalho. Tome aqui um real.

Antônio pegou o dinheiro, mas não ficou muito feliz. Não disse a seu pai que não tinha aparado a grama. Ele sabia que, ao não contar que José tinha cortado a grama, na verdade, mentira a seu pai. Sentia-se cada vez pior. Tão mal que já nem queria comer e, em pouco tempo, decidiu que não podia agüentar mais.

— Pai — começou Antônio — eu, na verdade, não cortei a grama. Tome aqui seu um real. Foi o José que cortou para mim.

— Muito obrigado por me contar — disse-lhe seu pai — Eu sabia o tempo todo, pois encontrei o José no caminho para casa e ele me contou sobre a grama. Agora vamos lá fora brincar um pouco com a bola.

Antônio ficou feliz por contar a seu pai sobre o que tinha acontecido. Pediu perdão a Deus e voltou a ficar feliz. Antônio e seu pai se divertiram muito jogando bola, pois o pecado de Antônio havia sido perdoado.

Para ler na Bíblia: 1 João 1.8-2,3

Perguntas:

1. Se um menino ou uma menina, apesar de seguir a Cristo, fizer algo de errado, como poderá resolver a situação?
2. Nosso pastor pode perdoar nossos pecados?
3. Como Jesus, às vezes, nos castiga?
4. Por que Ele nos castiga?

Uma Oração:

Pai eterno, é tão maravilhoso saber que nossos pecados podem ser perdoados! Ajuda-nos a lembrar de te contar tudo o que fazemos de errado e a confessar todos os nossos pecados. Em nome de Jesus. Amém.

Um hino:

Sonda-me, ó Deus, pois vês o meu coração;
Prova-me, ó Pai, te peço em oração.
De todo mal liberta-me, Senhor
Também da transgressão que oculta for. (HCC, nº 279)

Capítulo 34

Por que É Bom quando Somos Castigados?

O que significa ser castigado? Bem, quer dizer que, quando você é mau, acontece algo com você que não lhe agrada nem um pouco. Quando mamãe ou papai lhe dá uma bronca, isso é um tipo de castigo. Quando eles têm de lhe dar umas palmadas, trata-se de um outro tipo de castigo. Também pode ser que lhe seja negada uma sobremesa da qual gosta muito.

Quando castigam você, papai e mamãe estão apenas sendo maus? É claro que não. Eles estão obedecendo a Deus, que claramente ensina que as crianças que fazem coisas erradas devem ser punidas. Na Bíblia, Deus explica que, embora não gostemos de levar um castigo, isso nos torna pessoas melhores no final das contas. Deus explica que as crianças devem obedecer a seus pais e que os pais devem puni-las quando elas forem más.

Você entende o porquê de isso ser assim? Quando faz algo errado e recebe seu castigo, você se lembra de jamais voltar a fazer a mesma coisa. A punição lhe ajuda a compreender o quanto, sendo malvado ou malvada, você ofendeu a Deus.

O que pode acontecer quando meninos e meninas não são punidos por suas travessuras? Tais crianças só obedecem a seus pais quando querem, não dão atenção alguma aos professores e não dão muita importância às leis de seu país. Desobedecer aos pais e à lei é um pecado muito grande. Crianças que não são castigadas deixam infelizes todos aqueles com quem convivem. Elas não ligam se magoam ou não os outros.

Quando seus pais aplicam um castigo, eles não querem ser maus. Na verdade, estão sendo bondosos com você, pois o castigo lhe ajuda a pensar nos direitos dos outros e naquilo que Deus deseja, em vez de apenas nas coisas que lhe interessam. Receber uma punição o livra de um monte de problemas.

O mais importante porém, é aprendermos a obedecer nossos pais e a todos aqueles que têm o direito de nos dizer o que fazer. Caso contrário, fica muito difícil aprender a obedecer ao Senhor Jesus. Quando, portanto, nossos pais nos punem pelas coisas erradas que fazemos, estão nos ajudando a amar o Senhor Jesus e a estarmos sempre prontos a cumprir o que Ele mandar. Quando aprendemos a obedecer ao papai e à mamãe, também estamos aprendendo a obedecer a Deus.

Assim, da próxima vez que você for castigado pelo papai ou pela mamãe, não fique com raiva, mas pense em como isso pode lhe ajudar a lembrar de fazer coisas boas, em vez de travessuras. Deus ficará feliz com isso.

Certo homem chamado Mário observava o jardim de um amigo. Tanto Mário como seu amigo tinham filhos. Mário, sempre que necessário, castigava seus filhos e filhas; mas seu amigo, por outro lado, a fim de não magoar ou constranger seus filhos, jamais os castigava.

O amigo, que jamais punia seus filhos, disse:

— Acredito que o melhor é deixar as crianças crescerem como desejam. Não gosto de impedir que façam alguma coisa, pois isso poderia prejudicar sua personalidade. Acredito firmemente na liberdade de expressão.

— Mas vejo que você não deixa ervas daninhas crescerem em seu jardim — disse Mário.

— É claro que não — respondeu o amigo — Por que isso o deixa surpreso?

— Seu jardim é perfeitamente limpo. Não vejo nenhuma erva daninha nele. Por que você não o deixa simplesmente crescer como quer?

— Porque as ervas daninhas prejudicariam as plantas boas. É preciso sempre arrancá-las.

— É verdade — respondeu Mário — E o mesmo vale para o coração de uma criança. Se você a deixa crescer sem arrancar as ervas daninhas que surgem em seu coração, logo todo aquele mato sufocará as boas plantas que Deus cultivou ali.

— Sim, nossos corações são como jardins de flores. Devemos ser gratos por nossos pais nos ajudarem a manter as ervas daninhas afastadas.

Para ler na Bíblia: Efésios 6.1-9

Perguntas:

1. Por que o castigo é útil para nós?
2. O que acontece quando meninos e meninas não são punidos por fazer o que não devem?
3. Você acredita que, ao obedecermos nossos pais, isso nos ajuda a obedecer a Deus?

Uma Oração:

Pai eterno que estás nos céus, sabemos que, por vezes, ao cometermos atos reprováveis, é necessário que sejamos punidos por ti. Ajuda-nos a aprender com as punições. Ajuda-nos também a sermos obedientes aos pais que nos deste na Terra e a honrá-los. Em nome de Jesus. Amém.

Um hino:

Eia, ó soldados, crentes em Jesus!
Ide, avante! À guerra Cristo vos conduz.
Eis que à vossa frente vai o General!
Ide, pois, avante contra todo o mal.
Prontos, ó soldados, crentes em Jesus!
Eis que à vossa frente Cristo vos conduz. (CC, nº 458)

BÍBLIA

Capítulo 35

Uma Carta de Deus

Imagine que seu pai e sua mãe são missionários em alguma terra longínqua do outro lado do oceano. Eles teriam como falar com você? Não, pois estariam muito longe. Você não teria como vê-los ou ouvir suas vozes. Ainda assim, haveria um jeito de descobrir o que eles gostariam que você fizesse! Eles poderiam escrever algumas cartas.

Agora, imagine que Deus quer falar com você. Se Ele viesse visitá-lo em sua casa, você não conseguiria suportar todo aquele esplendor em torno dEle. Só que há uma forma de Ele falar com você. Ele lhe enviou uma longa carta! Sua carta é a Bíblia. Ela nos diz muitas coisas a respeito de Deus, sua obra, sobre você e sobre aquilo que Ele quer de você. Você já leu essa carta?

Deus não escreveu sua carta com um lápis ou uma caneta, como eu ou você poderíamos fazer. Ele também não usou uma máquina de escrever ou um computador. Em vez disso, escolheu cerca de quarenta homens que o amavam e colocou na mente deles o desejo de escreverem os diversos livros da Bíblia. Algumas vezes, Deus lhes deu sonhos; noutras, mostrou-lhes visões de coisas que aconteceriam. Tudo isso eles escreveram. Provavelmente não sabiam que estavam ajudando a escrever a Bíblia. Sabiam apenas que Deus mandara escrever o que viam, o que logo obedeceram. Deus então providenciou para que tais escritos fossem preservados e, por fim, impressos em nossas Bíblias.

Em algumas partes, esses homens escreveram sobre o quanto amavam a Deus. O rei Davi foi um desses homens. A parte da Bíblia que ele escreveu é chamada de "Salmos".

Em outros trechos, escreveram acerca do que tinha acontecido a seus amigos, que tinham cometido pecados e sido punidos por Deus. Talvez eles não tenham percebido que, enquanto escreviam, Deus orientava o que diziam e impedia que cometessem erros.

Você sabe quanto tempo demorou para a Bíblia ser escrita? Mais de 1.500 anos! Deus mandava alguém escrever uma parte da Bíblia e, talvez, 100 anos mais tarde mandava uma outra pessoa escrever uma outra parte. Em algumas ocasiões, partes da Bíblia foram escritas por pessoas diferentes, mas ao mesmo tempo. Foi assim até que a ela estivesse completa.

Esses homens cometeram erros enquanto escreviam a Bíblia? Não, Deus não deixou que isso acontecesse.

Como Deus foi bondoso em nos dar essa carta, a fim de que soubéssemos a respeito do céu, sobre o Senhor Jesus e acerca de seu amor por nós!

Agora, como você se sentiria se mandasse uma carta para alguém e essa pessoa não a lesse? Acho que isso magoaria você. Creio que é assim que Deus se sente quando você não lê sua carta. Por isso, é muito importante que você leia a carta de Deus ou peça a alguém para ler com você, a fim de que saiba o que ela contém. Pode ser que você não consiga entender tudo de uma vez, mas conseguirá entender um pouco agora e compreenderá mais e mais na medida em que for crescendo.

Certa menina, chamada Suzana, observava sua mãe lendo a Bíblia.

— Mãe — começou a menina — por que você lê tanto a Bíblia?

— Suzana, meu amor — respondeu a mãe sorrindo — por que você está sempre bebendo leite e comendo suas torradas?

— Porque eu preciso, mamãe. Eu fico com muita fome se não comer, e se eu não comer nada, morro.

— É verdade — disse sua mãe — mas não é apenas nosso corpo que devemos alimentar. Dentro de nosso corpo existe nossa alma e ela também precisa de alimento.

— Ah, agora eu entendo — respondeu Suzana — Precisamos ler a Bíblia todos os dias para alimentar nossa alma, assim como comemos e bebemos para manter o corpo funcionando.

— É isso mesmo. E se amanhã você não tomar o café da manhã, nem jantar quando chegar em casa, o que eu vou pensar?

— Você vai pensar que estou doente — respondeu Suzana.

— É certo que vou. E quando não lemos a Palavra de Deus, esse é um sinal de que nossa alma está doente. Existem outros livros que podem manter nossa mente viva, mas apenas a Palavra de Deus pode alimentar nossa alma.

Para ler na Bíblia: 2 Timóteo 3.14-17; 4.1,2

Perguntas:

1. Como você pode mandar uma mensagem a alguém sem falar diretamente com essa pessoa?
2. Como Deus escolheu nos mandar sua mensagem?
3. Quanto tempo levou para que a Bíblia fosse escrita?
4. Fará alguma diferença se não lermos à carta de Deus?

Uma Oração:

Deus, eterno Pai, agradecemos pela carta que nos enviaste, a Bíblia. Ajuda-nos a fazer tudo o que ela mandar. Que ela seja uma luz a iluminar nosso caminho, mostrando a direção a ser seguida. Pedimos isso em nome de Jesus. Amém.

Um hino:

Bíblia Sagrada és a Palavra de Deus,
És o mapa da jornada dos que seguem para o céu,
És a carta enviada, que o Atalaia tem na mão,
És as velas da jangada, dos que levam a salvação. (HC, nº 559)

Capítulo 36

Como Sabemos que a Bíblia É Verdadeira?

A Bíblia é o livro mais importante do mundo, pois nos fala coisas a respeito de Deus. Ela nos conta sobre como Deus fez o mundo, o primeiro homem e a primeira mulher. Nenhum de nós estava lá para ver Deus fazer essas coisas, portanto jamais saberíamos isso se Deus não nos tivesse contado.

Algumas pessoas acreditam que, como não vimos Deus formar o mundo, não temos como saber com certeza se foi realmente Ele quem fez nosso planeta. Dizem que não podemos ter certeza de que a Bíblia diz a verdade, quando fala que Deus criou o mundo e quando explica muitas outras coisas acerca de Deus. Como podemos ajudar as pessoas a entender que a Bíblia é realmente verdadeira?

Creio que não podemos fazer ninguém acreditar no que não quer. Uma pessoa sempre pode pensar em motivos para algo não ser verdade. Não seria fácil provar que você está lendo esse livro ou que ele está sendo lido para você! Talvez você esteja apenas sonhando com isso! É claro que não está, mas alguém poderia dizer que você está, na verdade, sonhando — e não seria nada fácil provar que você não está tendo um sonho.

Da mesma forma, é muito difícil comprovar as verdades sobre Deus para pessoas que não querem acreditar que Ele existe. Ainda assim, podemos ajudá-las de diversas formas e é sobre isso que vamos falar agora.

Uma das maneiras é saber e explicar que a Bíblia, apesar de muito antiga, traz informações de coisas que aconteceram muito tempo depois de ela ter sido escrita. São profecias que, sem a menor dúvida, foram cumpridas. Há milhares de anos, a Bíblia já contava que o povo judeu seria expulso de seu país, Israel, e que Deus os levaria de volta para lá. Isso é algo que está acontecendo nos dias de hoje. É algo que podemos ver e comprovar. Assim, sabemos que a Bíblia estava certa quando disse que essas coisas aconteceriam.

A Bíblia nos conta sobre muitos reis de diversas nações, que viveram há muito, muito tempo. Pessoas que não gostam da Bíblia costumavam dizer que tais reinos jamais existiram e que a Bíblia estava errada. Hoje em dia, foi descoberto que esses reis realmente existiram exatamente nas épocas e lugares que a Bíblia diz.

Como a Bíblia prova ser verdadeira em tudo que pode ser testado, podemos crer, com certeza, que ela também é verdadeira nos assuntos que apenas Deus conhece e na Bíblia descreve.

Uma das melhores formas de reconhecer que a Bíblia é verdadeira está em sua promessa de que, quando recebemos o Senhor Jesus como nosso Salvador, nossos pecados são perdoados e nossas vidas são transformadas pelo poder de Deus. Todas as vezes que alguém vem a Deus e, de todo o seu coração, pede perdão por seus pecados em nome de Jesus, a vida dessa pessoa muda completamente. Essa é uma das melhores provas de que a Bíblia é verdadeira.

Certo homem que não acreditava na Bíblia encontrou, por acaso, um exemplar jogado no meio da estrada. Aquilo o deixou muito nervoso, pois não sabia que se tratava de um livro verdadeiro. Ele a rasgou, arrancou suas páginas e espalhou-as pela estrada.

Um ladrão, que se escondia no mato, ao lado da estrada, estava prestes a pular de seu esconderijo e assaltar aquele homem. Ao ver, contudo, os pedaços de Bíblia espalhados pelo caminho, decidiu esperar e descobrir o que deixava aquele homem tão nervoso. Após o homem partir, o ladrão saiu de entre os arbustos e pegou uma das páginas da Bíblia. Enquanto a lia, observou as palavras: "Crê no Senhor Jesus e serás salvo".

— Puxa — pensou ele — como seria maravilhoso ser salvo! Eu não gosto de roubar pessoas o tempo todo e quero que meus pecados sejam perdoados.

Ele se ajoelhou ali no meio da estrada, orou a Deus, pedindo que Ele o salvasse, e Deus assim o fez.

Algum tempo depois, aquele que fora ladrão voltou a encontrar o homem que rasgara a Bíblia. O ex-ladrão então, tentou falar ao homem sobre como a Bíblia era maravilhosa.

— É claro que não — respondeu o primeiro homem — aquele livro não ajuda ninguém!

— Ajudou você — disse o ex-ladrão — pois impediu que você fosse assaltado.

Espero que o homem que rasgou a Bíblia tenha percebido que ela é um excelente livro!

Para ler na Bíblia: 2 Pedro 1.16-21

Perguntas:

1. Quem viu Deus fazer o mundo?
2. Quem é o único que pode nos dizer o que aconteceu?
3. Como Ele nos diz isso?

Uma Oração:

Querido Deus, agradecemos porque Tu existes de eternidade a eternidade. Agradecemos por saberes todas as coisas e porque nos disseste, na Bíblia, tudo o que precisamos saber. Louvamos o teu nome por ser a Bíblia verdadeira. Ajuda-nos a lê-la, compreendê-la e a fazer o que ela diz. Em nome de Jesus. Amém.

Um hino:

Sábia, justa, santa e pura
É a lei do meu Senhor,
Que corrige a vida impura
Do perdido pecador.
Do senhor o ensinamento
Nela tão perfeito está;
É tão cheia de preceitos
E conselhos santos dá! (CC, nº 138)

CAPÍTULO 37

O que Acontece quando não Usamos nossa Bíblia?

É importante ler a Bíblia? É importante fazer o que ela nos diz? Sim, é lógico que sim. Você sabia, porém, que existem pessoas que não acreditam que seja necessário ler a Bíblia e lhe obedecer? Elas pensam que podem descobrir por conta própria tudo o que precisam saber. Não compreendem que, apenas pensando em Deus, podem descobrir muito pouco a respeito dEle. Sem ler a Bíblia, como você acha que essas pessoas poderiam saber o quanto Deus odeia o pecado? Como saberiam que Jesus as ama e morreu por seus pecados, a menos que lessem isso na Bíblia? Uma outra pessoa poderia ler para eles ou contar a respeito, mas tais informações só podem ser encontradas na Bíblia.

Sem dúvida, podemos conhecer algumas coisas a respeito de Deus apenas observando as flores, as folhas e as árvores. Essas coisas dão testemunho do quão maravilhoso Ele é. O sol, a lua e as estrelas nos falam sobre seu poder e sua glória. Já o amor que Ele tem por nós, só pode ser conhecido a partir do que Ele nos diz na Bíblia.

Devemos ter o cuidado de ler toda a Bíblia e obedecer tudo o que ela diz. Quando a lemos, é preciso perceber que algumas partes foram escritas para pessoas que viveram há muitos e muitos anos. Algumas partes, por exemplo, falam a respeito da construção de altares e sobre sacrifícios de bois e outros animais. Ao fazerem tais coisas, Deus esquecia os pecados deles. Hoje em dia, não precisamos sacrificar animais, pois Jesus Cristo, o Cordeiro de Deus, ao morrer na cruz, foi sacrificado pelos pecados de todos. Não precisamos de nenhum outro sacrifício. Ainda assim, apesar de essas partes da Bíblia não serem para nós nos nossos dias, é muito importante e proveitoso lê-las, pois esclarecem muitas coisas a respeito do plano de Deus, seu amor e de Jesus. Logo, é importante ler e estudar toda a Bíblia.

Toda a Bíblia é verdadeira e, de cada trecho, temos muito a aprender.

Por outro lado, devemos tomar cuidado para não ler um trecho e pensar: "Ora, isso certamente não foi escrito para mim. Isso é muito complicado. Deve ser para um outro povo e não há necessidade de eu obedecer". Se foi escrito para você, quer goste ou não, obedeça! A sua tarefa é obedecer a Deus e fazer aquilo que ele diz na Bíblia. É preciso ter cuidado para jamais imaginar coisas que não estão na Bíblia, bem como prestar atenção para não rejeitar nada que ela efetivamente diga. Não devemos acrescentar nem tirar nada da Bíblia.

Uma pobre mulher, cristã e apaixonada pela Palavra de Deus, sobrevivia vendendo frutas e vegetais. Ficava em sua banca enquanto esperava por clientes, lendo a sua Bíblia. Certo dia, um homem lhe disse:

— O que você está lendo aí?
— É a Palavra de Deus — respondeu ela.
— A Palavra de Deus? Quem lhe disse isso?
— O próprio Deus me disse.
— Você já falou com Ele pessoalmente? Pode provar isso?

A pobre mulher sentiu-se um pouco envergonhada. Não estava acostumada a falar sobre a Bíblia, mas, por fim, olhou para cima e disse:

— Você consegue me provar que existe um sol lá em cima no céu?
— Ora, é claro que sim — disse ele — A melhor prova disso é que o sol me aquece e posso ver sua luz.

— O mesmo acontece comigo — disse a mulher contente — A prova de que esse livro é a Palavra de Deus está no fato de que ele faz com que eu sinta minha alma aquecida e feliz.

Para ler na Bíblia: Salmos 119.9-16

Perguntas:

1. Cite algumas coisas que podemos saber sobre Deus sem lermos nossa Bíblia.
2. Cite uma informação de grande importância acerca de Deus que, sem lermos a Bíblia, jamais teríamos como saber.
3. Devemos obedecer aos trechos da Bíblia que nos falam sobre como matar animais ao pecarmos? Por que não precisamos fazer mais isso?
4. Por que é importante para nós a leitura dessas partes da Bíblia?

Uma Oração:

Querido Senhor Jesus, agradecemos muito por tua santa palavra, a Bíblia. Agradecemos por, nela, enxergarmos como nossos pecados podem ser perdoados. Ajuda-nos a lê-la e lhe obedecer diariamente. Pedimos isso em teu nome, Jesus. Amém.

Um hino:

Bíblia Sagrada, és o livro de fulgor,
És a jóia rejeitada pelo vituperador.
És o livro para a senda contra o horror da corrupção.
És o livro que nos manda falar desta Salvação. (HC, nº 559)

CAPÍTULO 38

O que Deus Quer que eu Faça?

Já aprendemos que obedecer a Deus é a coisa mais importante que uma criança pode fazer. É a única maneira de ela ser realmente feliz.

Você pode estar imaginando: "Como posso saber o que Deus quer de mim?" Para descobrir o que Deus quer de você, é preciso perguntar a Ele. Será que Ele responderá? Sim, ficará muito feliz em lhe dizer. De início, talvez seja difícil saber como lhe perguntar e ouvir sua resposta. Não é como perguntar algo à mamãe ou ao papai. Podemos vê-los e ouvi-los falar. Já com Deus, não podemos vê-lo nem ouvir o som de sua voz. Como então podemos saber o que Ele deseja?

Essa pergunta não é assim tão difícil quando pensamos um pouco a respeito. Você consegue imaginar uma maneira de saber coisas de pessoas que vivem bem longe? Lembre-se de que uma maneira é receber cartas dessas pessoas. O carteiro traz a carta, nós a lemos e, de imediato, sabemos o que a outra pessoa está pensando e se há algo que possamos fazer por ela.

Deus nos escreveu uma carta bem longa. A Bíblia é uma carta enviada por Deus. Quando a lemos, descobrimos que não é como a maioria das outras cartas. Ela é bem maior e fala sobre diversos assuntos. A Bíblia fala de centenas de coisas que Deus quer que façamos e sobre centenas de coisas que Deus não quer que façamos.

Por isso é tão importante lermos nossas Bíblias.

Existe uma outra forma de Deus mostrar sua vontade para nossa vida. Deus nos quer fazendo coisas boas e não coisas más. Geralmente, não é difícil reconhecer quando algo é bom ou mau.

Deus nos dá uma sensação que toca fundo no peito. Um sentimento de tristeza e desconforto que aperta nosso coração quando pensamos em coisas erradas ou fazemos. Por isso, se você pensa em fazer algo e sente esse sentimento ruim; Deus está falando com você, dizendo para você não seguir em frente. Algumas vezes, dizemos que esse sentimento é a voz de Deus em nossos corações. Noutras vezes, chamamos isso de nossa consciência.

Uma outra forma de aprender sobre obediência a Deus e fazer o que Ele deseja é perguntar ao papai e à mamãe e, então, obedecer.

De uma coisa você pode ter certeza: Se você ama ao Senhor Jesus, considera-se uma pessoa cristã, procura obedecer a Deus e fazer o que Ele deseja, sem dúvida fará com que você descubra o que Ele quer.

Havia um menininho que desejava fazer a vontade de Deus. Ele queria crescer e ser exatamente o que Deus queria que ele fosse. Imaginava que Deus o queria como um médico ou bombeiro. Decidiu, então, perguntar a Deus sobre o caminho a seguir. Orou e pediu que Deus o ajudasse a decidir. Deus ouviu a oração do menino, mas não enviou um anjo com a resposta. Em vez disso, Ele deixou o menino pensando a respeito do assunto durante vários anos. Ele passou pelos anos escolares e, quanto mais orava e pensava a respeito, mais tinha certeza de que Deus queria que fosse médico e missionário. Deus fez com que ele quisesse aquilo acima de qualquer coisa. Deus estava falando com o menino por meio de sua própria mente.

Às vezes, Deus pode falar com você dessa forma. Não precisa enviar um anjo, mas pode lhe ajudar a escolher o melhor caminho e sua decisão estará dentro dos planos de dEle.

Para ler na Bíblia: Gênesis 24.34-48

Perguntas:

1. Sobre o que você gostaria que Deus lhe falasse?
2. Deus precisará enviar um anjo para falar com você?
3. Quais são as formas que le pode utilizar para comunicar sua vontade a você?
4. Deus sempre nos ouve quando oramos?

Uma Oração:

Todo-poderoso Deus, Pai daqueles que colocam sua confiança em teu Filho, Jesus; agradecemos porque tu respondes àqueles que, em ti, buscam sabedoria. Somos gratos porque, de bom grado, mostra-nos tua vontade. Ajuda-nos a descobrir tua vontade para nossas vidas. Em nome de Jesus, Amém.

Um hino:

Dia a dia vem guiar-me
Meu Jesus e meu Senhor!
Não sou meu, pois me compraste
Com teu sangue redentor;
Quero a ti viver unido,
Pela vida até ao fim;
Que se torne assim verdade,
"Não mais eu, mas Cristo em mim".
Que se torne assim verdade,
"Não mais eu, mas Cristo em mim". (HC, nº 113)

Capítulo 39

Por que os Cristãos Discordam entre Si?

Certa mãe disse a seus dois filhos:

Por favor, vão ao mercado e tragam um pão de forma enquanto trabalho no jardim.

As crianças pularam em suas bicicletas e partiram para o mercado. Lá chegando, começaram a discutir. Um achava que a mãe tinha pedido um pão de forma integral e o outro acreditava que deviam comprar um pão de forma comum. Um pensava que devia ser um pão de forma fatiado; outro, que o pão devia estar inteiro. As crianças brigaram tanto que as outras pessoas presentes na loja ficaram surpresas e incomodadas.

É mais ou menos isso que acontece com algumas coisas na Bíblia. A Bíblia ensina, por exemplo, que os cristãos devem ser batizados. O que, no entanto, significa ser batizado? Diferentes grupos cristãos têm pensamentos diferentes sobre o que isso significa. Alguns grupos acreditam que os bebês de colo devem ser batizados. Já outros entendem que apenas adultos e crianças mais velhas devem ser batizadas, após terem idade suficiente para conhecer ao Senhor Jesus e reconhecê-lo como seu Salvador. Algumas pessoas pensam que o batismo deve ser feito só com um pouco de água, que é borrifada ou derramada na cabeça da pessoa; enquanto outros acreditam que, pelo contrário, todo o corpo da pessoa deve ser mergulhado na água.

Da mesma forma, existem diferentes opiniões sobre como devemos lembrar a pessoa de Jesus quando celebramos a Ceia do Senhor ou a Eucaristia, como é às vezes chamada.

Por causa de idéias assim, pessoas que crêem em coisas diferentes muitas vezes precisam de igrejas com nomes diferentes; como Batista, Presbiteriana, Congregacional, Metodista, Luterana, Anglicana, Pentecostal, Assembléia de Deus e muitos outros nomes.

Não é possível que todas essas idéias diferentes estejam certas. Algumas dessas pessoas estão erradas naquilo que acreditam que Deus quer.

Em todas essas igrejas, contudo, há um ponto principal em que todos nós, cristãos, cremos: que o Senhor Jesus é o único que pode perdoar nossos pecados e nos salvar para sempre. Esse é o ponto mais importante.

Veja você: todas essas igrejas diferentes são formadas por pessoas que amam ao Senhor. Ora, todos que amam a Deus, embora não concordem quanto ao que a Bíblia ensina em muitos assuntos, igualmente pertencem a Ele. Uma coisa com que todos concordam é que foi o amor de Deus que possibilitou o perdão dos pecados deles. Além disso, todos receberam Jesus como Salvador.

Sinto dizer que, contudo, existem algumas igrejas que não acreditam muito na Bíblia e discordam dos outros cristãos em questões de grande importância. É claro que não são igrejas verdadeiras, apesar de serem chamadas assim. A maioria das pessoas nessas igrejas nem sabe o que é ser cristão, pois não compreendem que Jesus morreu por elas.

Algumas vezes, pessoas que vão a igrejas onde o Senhor Jesus é adorado, afirmam serem cristãs, mas não o amam de verdade. Elas não compreendem o perdão de Deus por meio da morte de Jesus Cristo, mas vão à igreja porque seus pais eram membros e porque acreditam que isso pode ajudá-las a ir para o céu. Precisamos orar por essas pessoas. Precisamos tentar ajudá-las a compreender melhor a salvação oferecida por Deus.

Em um passado muito distante, durante a visita do rei da Itália a uma de suas cidades, os nove ministros protestantes daquele lugar perguntaram se podiam visitar o rei. O jovem rei ficou feliz em recebê-los, mas espantou-se quando descobriu que um era metodista, outro era batista, outro um presbiteriano, e assim por diante.

— Não consigo entender — disse o rei — como todos você podem ser ministros do mesmo evangelho e, ainda assim, tão diferentes entre si.

Um dos ministros respondeu:

— Obrigado por sua explicação — respondeu o rei — Agora compreendo que, embora vocês discordem em questões de menor importância, todos concordam naquilo que é mais importante.

Para ler na Bíblia: Romanos 14.1-13.

Perguntas:

1. Por que motivo as crianças brigaram?
2. Você pode citar alguns pontos em que os muitos grupos cristãos não concordam?
3. Em que ponto é importante que todos os cristãos concordem?

Uma Oração:

Pai eterno que estás no céu, agradecemos por tua bondade para com aqueles que querem te servir. Ajuda-nos a descobrir o que é certo de acordo com a Bíblia; ajuda-nos a sermos gentis com aqueles cristãos que não compartilham a mesma compreensão. Em nome de Jesus. Amém.

Um hino:

Vem morar pra sempre em mim meu Jesus.
Derramar o teu fogo santo.
Meus pecados tu pagaste na cruz.
Meu Jesus eu te amo tanto.
Jesus te amo tanto![40]

[40]**N. do T.:** Regis Danese

Capítulo 40

O que Significa "Perdoar?"

Jesus diz para perdoarmos aqueles que nos magoam e não gostam de nós.

Perdoar significa não ficar zangado ou zangada com pessoas que nos magoam ou fazem algo de errado conosco.

Se alguém bater em você, baterá de volta? Se realmente perdoou a pessoa que lhe bateu, você não revidará. Se houve perdão, você apenas sorrirá e irá embora, sem bater de volta. Em inúmeros trechos, a Bíblia nos fala sobre perdoar as pessoas que tentam nos ferir.

Jesus ensina que Deus é bondoso com seus inimigos e que também devemos ser bondosos com os nossos inimigos.

Certo dia, um missionário pregava em uma esquina para pessoas que não amavam ao Senhor Jesus e nem ao menos o conheciam. Um homem se esgueirou por trás do missionário e o golpeou com um pedaço de pau na cabeça, derrubando-o. As outras pessoas que ouviam a pregação não acharam aquilo justo. Agarraram o agressor e chamaram um policial, a fim de lançá-lo na cadeia. O missionário, contudo, disse: "Não!"

Todos ficaram extremamente surpresos. "Ele o feriu", diziam eles. "Ele agora deve ser ferido."

"Não", disse o missionário. "Jesus, sobre quem venho falando a todos vocês, disse-me para ser bondoso com os que me ferem e para perdoá-los." O missionário então se voltou para o homem que o tinha atacado e disse: "Eu lhe perdôo, mas lembre-se, sempre, de que deve seu livramento a Jesus, que me disse para não sentir raiva de você".

O policial então deixou que o homem partisse.

As pessoas que assistiram tal cena mal puderam acreditar. Entenderam que Jesus devia ser uma pessoa realmente maravilhosa e ficaram desejosos de ouvir a pregação do missionário.

E se a reação do missionário tivesse sido outra? O povo, provavelmente, não daria mais ouvido à sua pregação. Teriam pensado que ser cristão não faz nenhuma diferença, pois o próprio missionário se irava contra os outros.

Sabe qual a melhor coisa a fazer quando alguém machuca você? E se alguém lhe ofende com palavras, como reagir? É fácil sentir raiva em situações assim, contudo, algo pode ajudá-lo a não se importar. Você pode, em vez disso, sorrir em tais situações. Para tanto, basta pensar freqüentemente no Senhor Jesus ao longo do dia. Ele está conosco a todo instante e podemos, a qualquer momento, conversar com Ele. Ele nos traz tanta felicidade, que não ficamos zangados com aqueles que Ele ama, ainda que não sejam legais conosco.

Para ler na Bíblia: Mateus 18.21-35

Perguntas:

1. Se uma pessoa nos fere, qual a melhor forma de tratá-la?
2. Se perdoarmos alguém, vamos, ainda assim, querer revidar o que nos foi feito?
3. De quantos pecados Jesus nos perdoou?

Uma Oração:

Querido e eterno Pai, agradecemos pelo teu perdão para nossos pecados. Ajuda-nos a perdoar aqueles que tentam nos prejudicar. Ajuda-nos a amar essas pessoas e dá-lhes a tua bênção para que venham a conhecer-te. Em nome de Jesus. Amém.

Um hino:

Deus cuidará de ti,
No teu viver,
No teu sofrer.
Seu olhar te acompanhará;
Deus velará por ti. (HC, nº 4)

CAPÍTULO 41

Um Prêmio para Você no Céu

Você gosta de ganhar prêmios? Já participou de alguma festa na Escola Dominical, ou até mesmo em sua escola, em que foram realizadas competições e os vencedores ganharam medalhas?

Já ouviu falar a respeito do prêmio que Jesus lhe dará? Não venha me perguntar sobre o que será esse prêmio, pois eu não sei. Será uma surpresa — uma maravilhosa surpresa dada pelo próprio Deus para sua amada criança.

Posso, porém, contar sobre como você consegue o prêmio. O prêmio ou recompensa que recebemos é dado por causa das coisas boas e gentis que, como cristãos, fazemos aqui na Terra. Sempre que crianças cristãs ajudam os pais, Deus lhes prepara uma recompensa. Contudo, quando desobedecem papai ou mamãe, são mal-educados ou fazem coisas erradas, Deus fica triste.

Veja como é importante o modo como vivemos nesse mundo — e ficamos por aqui apenas durante uns poucos anos! Talvez pareça muito imaginar que podemos viver por sessenta ou setenta anos; mas não parece tanto assim quando pensamos no que "eternidade" significa e no fato de que os filhos de Deus ficarão com Ele no céu por toda a eternidade. A recompensa que Deus está lhe preparando durará para todo o sempre e deixará você muito, muito feliz. Você tem sua vida toda pela frente e pode vivê-la inteira pelo Senhor

Jesus. Ao chegar no céu, como você ficará feliz por ter decidido agora, ainda criança, viver sua vida para Jesus!

Um homem, certa feita, visitou a casa de seu amigo para falarem de trabalho. Ambos seguiram para um cômodo, onde outros dois homens esperavam em silêncio, sentados a uma mesa. O visitante falou sobre seu trabalho durante um longo tempo. Por fim, quando já tinham conversado sobre tudo o que queriam, o dono da casa disse a seu amigo: "Sempre que converso com alguém sobre meu trabalho, cuido para que outras pessoas presenciem a conversa e escrevam tudo o que é dito. Esses dois homens que nos acompanham escreveram tudo que eu e você dissemos. Agora, ouviremos a leitura de tudo o que dissemos para que não haja nenhum mal-entendido".

O visitante ficou extremamente surpreso. Ele não sabia que os dois homens registrariam tudo o que foi dito. Se soubesse disso antes, teria sido mais cuidadoso com suas palavras, pois não queria que outras pessoas lessem algumas das coisas que tinha dito. Infelizmente, já era tarde demais e suas palavras já tinham sido registradas.

Quando chegarmos ao céu, serão abertos livros com os registros de tudo o que dissemos ou fizemos. Jesus decidirá a recompensa que dará. Você sabia que haverá algumas surpresas? Algumas pessoas, pensando ter realizado muitas coisas, descobrirão que seus atos não tiveram grande valor, pois não amavam a Deus de verdade. Outras, receberão uma recompensa bem maior do que aquilo que esperam.

Não sabemos exatamente como será o dia desse julgamento, mas sabemos que receberemos prêmios e que esses prêmios dependem de como vivemos nossa vida agora.

Para ler na Bíblia: 1 Coríntios 3.11-17

Perguntas:

1. Que tipo de recompensa receberemos quando chegarmos ao céu?

2. Quem nos dará nossa recompensa?
3. Como será definido o tamanho da recompensa?
4. Suas ações de hoje foram boas ou ruins para sua recompensa?

Uma Oração:

Querido Senhor Jesus, agradecemos por tudo que estás preparando para nós no céu. Ajuda-nos a te amar e te obedecer, para, desse modo, te honrarmos. Que a recompensa que tens preparado para nós esteja sempre em nossa mente. Em teu nome, Jesus. Amém.

Um hino:

Há um lar mui feliz lá no céu,
Onde não há tristeza nem dor,
Onde os salvos irão habitar,
Na presença do seu Salvador. (CC, nº 504)

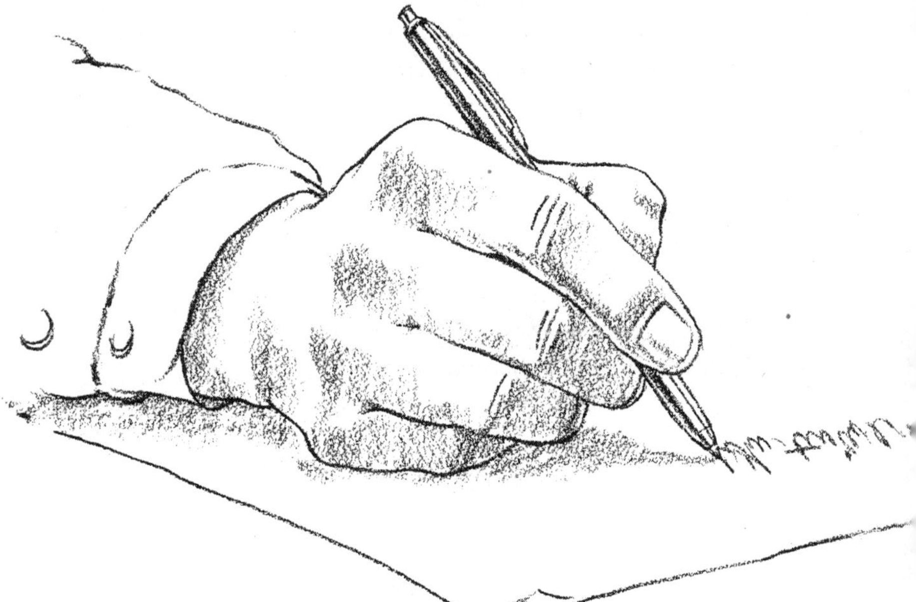

Capítulo 42

O Dia do Senhor

O domingo é um dia realmente especial. Deus nos deu esse dia para descansarmos dos muitos trabalhos que realizamos nos outros dias da semana. Aos domingos, não precisamos ir à escola e papai, geralmente, não precisa ir trabalhar. Em vez disso, podemos ir à Escola Dominical e à igreja. Junto com nossos amigos, podemos louvar a Deus por todo seu amor e carinho conosco. Se não tivéssemos nosso pastor para ajudar nos cultos de domingo, seria bem mais difícil lembrarmos de adorar a Deus da maneira certa. Deus nos quer reunidos com outros cristãos, juntos, cantando e louvando ao seu nome. Essa é uma das melhores coisas que podemos fazer aos domingos. Muitas vezes, é também aos domingos que mamãe e papai têm mais tempo para ficar com os filhos, lendo algumas histórias extras com toda a família reunida.

Domingo não é um dia para "diversão". É um dia que separamos para agradecer e adorar a Deus — é um dia para nos lembrarmos dEle. Não é fácil fazer isso se passarmos o dia trabalhando ou brincando. Quando Deus fez o mundo e tudo que há nele, foram necessários seis dias. A Bíblia nos diz que Ele descansou no sétimo dia e o fez especialmente santo. O povo judeu usava esse sétimo dia para adorar e realizar cerimônias no Templo. Deus havia ordenado que "separassem o sábado para o santificar". A maioria dos cristãos separa o domingo, que é o primeiro dia da semana, o dia em que Jesus ressuscitou, como um dia para nos reunirmos e, juntos, adorarmos e louvarmos a Deus.

Em uma bela tarde de domingo, seguia um pastor caminhando para sua casa, que ficava um pouco longe da igreja. Um pequeno menino, carregando um ancinho, cruzou com ele pelo caminho. Pouco tempo depois, o pastor cruzou com um homem em roupas de trabalho que lhe perguntou:

— Você viu meu menino seguindo por esse caminho?

— Ele estava carregando um ancinho? — perguntou o pastor.

— Sim, isso mesmo.

— Um menininho com uma memória ruim? — perguntou o pastor.

O pai do garoto ficou surpreso.

— Bem, eu não acho que ele tenha uma memória ruim. Ele não está sempre esquecendo das coisas. O que o faz pensar que ele possa ter uma memória ruim?

— Ora, eu sei que ele tem uma memória ruim — continuou o pastor — e acho que ele pertence a uma família em que todos têm uma memória muito ruim.

— Ora essa! E por que você acha isso?

— Porque ele esqueceu de separar um dia para o Senhor.

Então, o ministro explicou que Deus separara um dia da semana para descanso, oração e adoração por tudo aquilo que Deus fez por nós.

Para ler na Bíblia: Isaías 58.13-14

Perguntas:

1. Qual a melhor coisa que podemos fazer aos domingos?
2. O Domingo é o único dia em que devemos agradecer e adorar a Deus?

3. Você pode citar uma razão para que Deus queira que separemos o Domingo?

Uma Oração:

Querido Pai celestial, agradecemos por nos dar o domingo como um dia especial. Ajuda-nos a jamais esquecer de santificá-lo. Em nome de Jesus. Amém.

Um hino:

Adorem o Rei, glorioso Senhor,
e louvem a Deus, pois Ele é amor.
É nossa defesa, real proteção,
louvado na glória e com gratidão.[14]

[14] **N. do T.:** Letra: Robert Grant; música: Johann Michael Haydn; tradução: Werner Kaschel.

CAPÍTULO 43

Você Está Zangado(a) com Deus?

A Bíblia traz uma palavra grande e difícil chamada *reconciliação*. Vou explicar o que ela significa. Ela quer dizer que você ficou com raiva de alguém, mas então a briga acabou e você ficou novamente feliz. Se uma outra criança quebrasse um brinquedo seu, você ficaria triste e com raiva; mas se ela pedisse desculpa, você a perdoaria e vocês voltariam a brincar sem problema algum. Quando isso acontece, dizemos que você se reconciliou com a criança que quebrou seu brinquedo.

Não seria estranho que essa criança, que quebrou seu brinquedo continuasse zangada e disposta a brigar com você mesmo após ter sido perdoada? Não é de se pensar que ela devia estar feliz? Acontece que, às vezes, você fica de bem com quem o prejudicou, mas a pessoa que causou a ofensa continua de mal. Você a ama, mas ela não ama você; apesar de você, que foi a parte prejudicada, tê-la perdoado.

É assim que as coisas funcionam entre Deus e crianças que não são cristãs. Deus fica aborrecido com as muitas coisas erradas que a criança faz, mas como Jesus veio e foi crucificado, Deus perdoa essa criança. Então, Deus já não precisa ficar aborrecido com ela. Deus se reconciliou com a criança.

O problema surge quando a criança não se reconcilia com Deus. Continua a ser desobediente e implicante, apesar de Deus querer perdoá-la.

Talvez ela não perceba que, no fundo, não gosta de Deus. Se o amasse, não persistiria em coisas que Ele não aprova.

É preciso que a criança não cristã reconheça os erros que cometeu e, em nome de Jesus, peça perdão a Deus. O menino ou menina que faz isso, para de implicar e brigar com Deus. Deus já tem um grande amor por essa criança e, então, quando ela passa a amá-lo, é finalmente feliz; ou seja, ela se reconciliou com Deus.

Certa feita, uma menininha perguntou à sua mãe:

— Mamãe, eu sou cristã? É por isso que eu me sinto assim?

— Ora — respondeu a mãe — que tal se você me disser como se sente?

A menininha sorriu e respondeu:

— Sabe como é quando você briga com uma pessoa e depois acerta tudo? Sabe a felicidade que a gente sente? Pois é. É como se eu estivesse brigada com Deus há muito tempo, mas agora tudo ficou bem. Estou muito feliz!

Essa menina se reconciliou com Deus. Você já se reconciliou com Deus?

Para ler na Bíblia: 2 Coríntios 5.17-21

Perguntas:

1. O que significa reconciliação?
2. Quando Deus está disposto a perdoar nossos pecados?
3. O que precisamos fazer para recebermos perdão?
4. Você se reconciliou com Deus?

Uma Oração:

Querido Pai que estás no céu, perdoa os nossos pecados. Só nos tens dado tua bondade e benevolência, enquanto insistimos em brigar e em sermos desagradáveis contigo. Perdoa nossas tolices e ajuda-nos a te amar, pois com grande amor nos amaste. Em nome de Jesus. Amém.

Um hino:

Entrando no meu coração!
Entrando no meu coração!
Que mudança em mim
Fez o meu bom Jesus,
Vindo Ele ao meu coração. (HC, nº 111)

CAPÍTULO 44

Freqüentando a Escola Dominical

Por que é importante irmos à igreja e à Escola Dominical todos os domingos?

É importante porque Deus quer que nos reunamos com outros cristãos. Deseja que, unidos, conversemos a seu respeito e sobre as bênçãos que Ele tem concedido. Ele quer que o adoremos em união. Na Bíblia, Deus diz claramente para não nos esquecermos disso. Se não formos à Escola Dominical e à igreja, fica mais difícil amarmos ao Senhor Jesus do modo como devemos. Deus nos criou de modo que precisamos uns dos outros.

Quando, portanto, você vai à Escola Dominical, é importante lembrar de que Deus lhe quer ali para realizar uma missão: ajudar os seus amigos a amá-lo cada vez mais. É claro que você aprenderá mais sobre Jesus, mas não deve ir apenas para receber ajuda, mas também para ajudar. Isso significa, é claro, que você precisa ter muito cuidado com o que faz na Escola Dominical. É preciso prestar atenção, respeitar os professores e evitar qualquer barulho desnecessário. Trata-se de um lugar onde Deus é adorado e você está ali para louvá-lo e aprender mais sobre seu maravilhoso Salvador.

Também é uma boa idéia convidar outras crianças que não conhecem a Jesus para ir com você. Você não tem um vizinho, vizinha ou colega que parece saber muito pouco sobre o Senhor Jesus? Você pode lhe fazer um convite para ir à Escola Dominical com você. Essa será uma das provas do grande amor de Deus pela vida dele ou dela.

O culto de domingo é diferente da Escola Dominical. É necessário ficar sentado e não fazer bagunça! Às vezes, as crianças têm dificuldades para sentar e prestar atenção, pois não é fácil entender tudo o que o pastor fala. Contudo, é muito bom ouvir e então pensar nas coisas que consegue entender.

Uma boa forma de se preparar para a igreja e para a Escola Dominical é pensar nelas antes mesmo de ir. Se, já no sábado, você se lembrar de que "amanhã é domingo e irei à escola dominical e ao culto", você poderá orar a respeito e pedir a ajuda de Deus em seu aprendizado. Quando a manhã de domingo chegar, você será uma pessoa bem mais preparada para o culto e não será tão difícil sentar e prestar atenção.

Conheço a história de um menininho que decidiu que não queria mais ir à Escola Dominical. Ele, em vez disso, preferia brincar com seus brinquedos e passar o tempo com alguns amigos da vizinhança. Depois de algum tempo, o menino esqueceu que Deus o amava e cuidava dele o tempo todo. Por fim, ele e seus amigos roubaram uma bicicleta que viram em um quintal. Alguém viu quando roubaram a bicicleta e a polícia foi chamada. O menino foi levado perante o juiz que conversou com ele. Sabe o que o juiz falou? Ele disse que o menino teria de voltar imediatamente a freqüentar a Escola Dominical.

— Se você não fizer isso, vai acabar roubando outras coisas e teremos de colocá-lo na cadeia — disse o juiz — Se, no entanto, voltar para a Escola Dominical, aprenderá mais sobre Deus e não vai mais querer roubar nada, porque Deus não deseja que você faça isso.

Anos após, o menino se tornou um homem e voltou a encontrar o juiz.

— Juiz — começou ele — sou muito grato pelas palavras que o senhor me disse naquele dia. Eu realmente voltei para a Escola

Dominical e recebi o Senhor Jesus como meu Salvador. Se o senhor não tivesse falado comigo daquele jeito, hoje em dia, eu poderia estar na cadeia.

Não tenho dúvidas de que, na Escola Dominical, o que deixou aquele menino mais feliz foi encontrar ao Senhor Jesus.

Para ler na Bíblia: Hebreus 10.24,25

Perguntas:

1. Você pode citar dois bons motivos para ir à Escola Dominical?
2. Como, estando ali, você pode ajudar as outras crianças?
3. Qual o benefício de, já no Sábado, pensar na Escola Dominical?
4. Devemos ir à Escola Dominical se não formos comportados e respeitosos para com os professores?

Uma Oração:

Querido Pai, agradecemos por existirem muitos cristãos com quem podemos conversar. Agradecemos por nossos professores da Escola Dominical e por nosso pastor na igreja. Abençoa-os e ajuda-os em sua preparação para as aulas da próxima manhã de domingo. Ajuda-nos a aproveitar os ensinamentos e a compreender o que tu mesmo nos falas através deles. Em nome de Jesus. Amém.

Um hino:

Conta-me a história de Cristo,
Grava-a no meu coração;
A linda história inaudita
De graça, paz e perdão. (HC, nº 542)

CALOI
CALOI

CAPÍTULO 45

O que Você Será quando Crescer?

Você já pensou no que vai querer ser quando crescer? São tantas opções que, com certeza, você já andou pensando em qual a melhor maneira de decidir. Poderia ser médico ou médica, dar aulas, trabalhar em uma fazenda ou com computadores — ou ser uma centena de outras coisas. Há, no entanto, alguém que sabe exatamente o que você deve ser. Esse alguém é Deus e, quando chegar a hora certa de você saber, Ele ficará feliz em lhe apontar o caminho. Logo, você não tem porque se preocupar com isso!

Como Deus lhe dirá? Existem muitas maneiras de Ele falar com você. Uma dessas maneiras são as capacidades e habilidades que Ele lhe concede. Alguns meninos são muito bons em futebol, outros não. Algumas meninas cantam muito bem, outras não cantam nada. Se Deus lhe fez sem grandes talentos para o futebol, provavelmente não deseja que você dedique sua vida a ser um jogador. Ele pode, por outro lado, ter criado você com um grande talento musical. Você pode ser capaz de tocar piano, violino ou trompete. Talvez Ele o tenha criado para, após longos anos de estudo, você ser capaz de fazer todas as coisas que médicos e fazendeiros fazem. Se descobrir que Deus o fez sem gosto algum pela medicina, mas com um enorme amor por fazendas, essa é uma das formas de você saber que, muito provavelmente, Deus não quer que você pratique a medicina.

Uma boa idéia é pensar nos muitos tipos de trabalho que existem e ver de quais você mais gosta. Na medida em que for crescendo, você provavelmente se decidirá por alguma dessas atividades e, pedindo ajuda a Deus, Ele certamente dirá se a sua escolha foi a melhor.

Alguns meninos e meninas parecem saber o tempo todo o que desejam ser quando crescerem; mas outros, até ficarem mais velhos e terminarem a escola, não têm a menor idéia. Algumas vezes, Deus espera até que a pessoa esteja crescida para falar com ela.

Se você deseja a orientação de Deus, pode ter certeza de que Ele a dará. Quando chegar a hora certa, confiando nEle, você saberá.

Certo menino, com apenas seis anos de idade, disse a seu pai:

— Papai, quando eu crescer serei médico e missionário. Vou para o Tibete ajudar as pessoas de lá a conhecerem o Senhor Jesus.

— Muito bem! — disse seu pai.

Com o passar dos anos, o menino cresceu, terminou a escola. Foi para a faculdade de medicina e tornou-se um bom médico e cirurgião.

Após se formar em medicina, ele tentou ir para o Tibete, mas o Senhor o mandou para a África. Hoje em dia, ele vive na África e ajuda a curar as pessoas, mas ele faz bem mais do que isso. Apresenta Jesus Cristo às pessoas e ajuda a curar seus corações e almas. Enquanto as examina ou receita os remédios, ele fala sobre o Senhor. Muitos de seus pacientes já aceitaram Jesus como Salvador.

Para ler na Bíblia: 1 Coríntios 12.12-31

Perguntas:

1. Como Deus nos ajuda a descobrir o que Ele mesmo quer que sejamos?

2. Deus deixará que cometamos erros se lhe pedirmos ajuda?
3. De que forma podemos descobrir como são os diferentes tipos de trabalho?

Uma Oração:

Senhor Jesus, sei que tens um trabalho separado para mim e desejo realizá-lo por ti. Por favor, mostra-me que trabalho devo fazer quando crescer. Não preciso saber agora mas, quando chegar o momento certo, confio em que tu me farás entender tua vontade.

Um hino:

Mãos ao trabalho, crentes!
Vai já passando o alvor.
Vamos, enquanto temos
Nossa vida em flor.
Vamos, enquanto é dia,
Com força trabalhar;
Eia,que em vindo a noite,
Já não há lidar! (HC, nº 600)

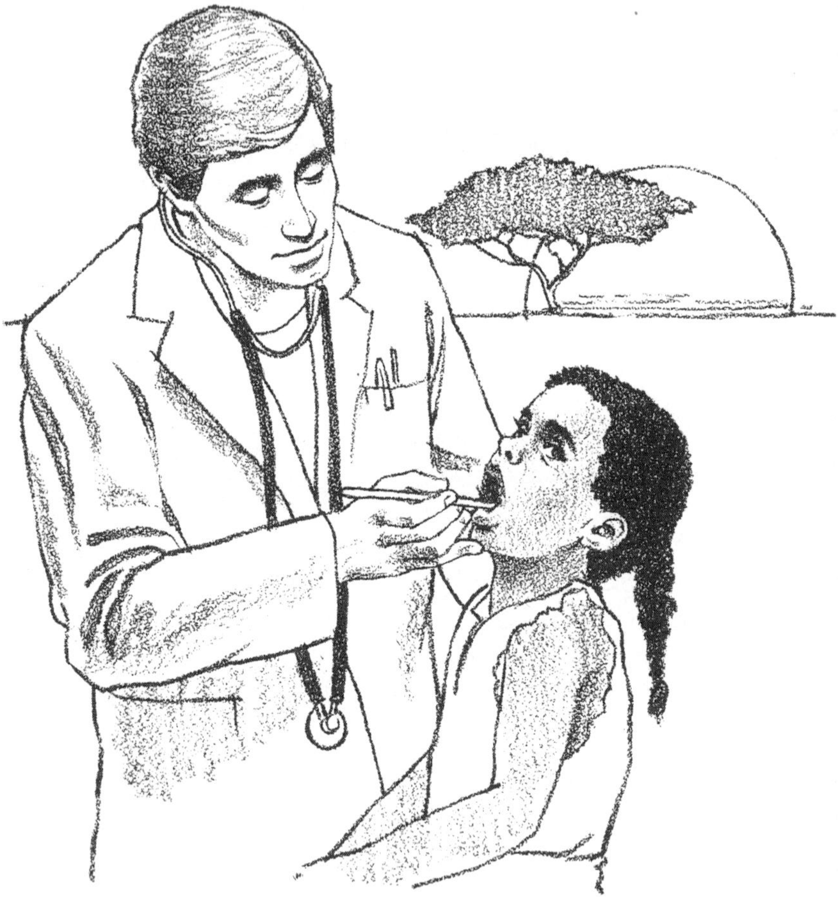

Capítulo 46

Quem Pode Falar com Deus?

Se você fosse visitar Brasília, a capital do país, e quisesse conversar com o Presidente da República, você acha que bastaria entrar no Palácio do Planalto e começar a falar com ele?

Não, é lógico que não! Seria preciso um convite especial, pois o presidente é muito ocupado para atender a quem quiser visitá-lo. Falar com o presidente é um privilégio que poucas pessoas possuem.

Deus é tão maior que o Presidente da República — mas tão maior — que poderíamos pensar que ninguém, *jamais*, poderia falar com Ele. Deus, todavia, fica feliz em nos receber em sua presença sempre que quisermos.

Não seria muito legal visitar aquele que criou você, que dispõe de todas as informações de que você precisa e pode fazer o que quiser para lhe ajudar? Tenho certeza de que você ficaria muito animado se recebesse um convite para falar com alguém assim. Pois com Deus é exatamente dessa maneira. Foi Ele que criou o universo e tudo o que há nele, determinou o lugar de cada estrela e quer tornar sua vida boa é útil. Ele, contudo, nunca está ocupado demais para receber você.

Se desejar fazer essa visita, pode fazê-la agora mesmo. Feche os olhos, abaixe a cabeça e pense em Deus e no quanto Ele o ama. Então, fale com Ele sobre tudo o que desejar. Em primeiro lugar, você pode começar agradecendo por Ele ser tão bom para você. Agradeça por ter mandado o Senhor Jesus para morrer pelos seus pecados. Agradeça pelas roupas quentinhas que você possui. Agradeça por seus pais e por sua família.

Então, pode ser que você queira lhe pedir algumas coisas. Ele fica muito feliz quando você leva suas dúvidas e necessidades até Ele. Peça-lhe para abençoar papai e mamãe. Peça também para tomar conta dos missionários e ajudá-los em seu trabalho.

Será que Deus ouvirá você? Sim, não há a menor dúvida! Ele está em seu quarto com você e sabe tudo o que você fala. Ele até conhece todos os seus pensamentos. Você nem precisa falar as palavras em voz alta, porque Ele consegue ouvi-las quando você fala em seu coração.

Jesus gosta muito de que seus filhos o procurem para falar com ele. Ele é seu amigo, portanto abra o seu coração e conte-lhe todas as suas necessidades e problemas, agradecendo por ser tão bom para você.

Certo dia, um menino chamado João perdeu seus óculos e não conseguia achá-los em parte alguma. Procurou em seu guarda-roupa e na escrivaninha, mas eles não estavam lá. Olhou na estante onde guardava suas coisas e nas gavetas que, embora cheias de papel e canetas, não tinham óculos algum.

Sua irmã, Catarina, disse:

— Conheço alguém que sabe onde estão seus óculos, João.

— Quem? Foi você? Você escondeu meus óculos?

— Não — disse Catarina — mas Deus sabe exatamente onde eles estão. Ele consegue vê-los a qualquer momento. Talvez você pudesse lhe perguntar e então achar seus óculos.

— É uma boa idéia — disse João — Você me ajuda a pedir?

Então as crianças ajoelharam e começaram a orar. João disse:

— Senhor Jesus, o senhor sabe onde estão meus óculos, mas eu não sei. O senhor pode me ajudar a encontrá-los?

Passaram-se duas semanas e os óculos ainda não tinham sido encontrados.

— Acho que vou ter de lhe comprar um outro par de óculos — disse sua mãe com tristeza — espero que não fique muito caro.

Para ler na Bíblia: Hebreus 4.16

Perguntas:

1. Podemos falar com o Presidente da República sempre que quisermos?
2. Em quais aspectos Deus é maior e mais importante que o presidente?
3. Com que freqüência podemos falar com Deus? Por quê?
4. Cite algumas coisas sobre as quais deveríamos falar com Deus.

Uma Oração:

Senhor Jesus, agradecemos porque podemos, a qualquer momento, falar contigo sobre nossos problemas. Ensina-nos a orar e ajuda-nos a lembrar o quão maravilhoso e bondoso tu és. Em teu nome, Jesus. Amém.

Um hino:

Em fervente oração, vem o teu coração
Na presença de Deus derramar!
Mas só podes fruir o que estás a pedir,
Quando tudo deixares no Altar. (HC, nº 577)

Capítulo 47

Quem Fez todas as Coisas?

Você já fez alguma coisa com barro ou argila? Às vezes, é divertido brincar com argila e fazer casas ou cachorros; mas você já tentou, por exemplo, fazer um cachorro de verdade com argila? É claro que você jamais conseguiria fazer algo assim. Somente Deus pode fazer coisas vivas. Ninguém além de Deus jamais foi capaz de fazer qualquer coisa viva.

Como foi que a vida começou? De onde veio o primeiro cachorro? Como surgiu o mundo? A Bíblia, de forma bastante clara e simples, afirma que Deus fez essas coisas e as deu para nós.

Ainda assim, existem pessoas muito inteligentes que dizem não saber como o mundo veio parar aqui. Elas dizem que não foi Deus que criou a vida. A vida simplesmente apareceu, dizem elas. Essas pessoas acreditam que, há milhões de anos, uma coisinha bem pequenininha, que nem dava para ver, apareceu de repente e começou a crescer. Não foi Deus que a criou, dizem eles, porque Deus não existe! Que coisa mais estranha de se dizer! Essas pessoas dizem que não sabem como a vida surgiu, mas têm certeza de que não foi Deus que a fez! Embora sejam espertas em alguns assuntos, são bastante ignorantes no que diz respeito a como tudo surgiu.

A Bíblia nos diz que, após criar o mundo, Deus tomou um pouco de barro, formou o corpo do homem e soprou nele o fôlego de vida.

Somente Deus pode dar a vida.

Dois amigos, Ricardo e Ronaldo, caminhavam ao longo da praia, na areia molhada. Ricardo disse:

— Não creio que jamais possamos saber com certeza se Deus fez ou não o mundo.

Naquele mesmo instante, os dois se depararam com uma pegada na areia.

— Alguém passou por aqui essa manhã — disse Ricardo.

— Puxa — disse Ronaldo — Como você pode ter tanta certeza?

— Ora, não seja bobo — disse Ricardo — Temos aqui algumas pegadas claras, logo, alguém certamente passou por aqui e deixou-as na areia.

— Exatamente — emendou Ronaldo — Da mesma forma, podemos saber que o mundo foi feito por Deus, pois as árvores, as flores, o sol e a chuva são suas pegadas e não deixam dúvidas de que Ele esteve por aqui.

Para ler na Bíblia: Gênesis 1.1-23

Perguntas:

1. Já houve alguém capaz de formar uma pessoa?
2. Como as estrelas surgiram no céu?
3. Alguns homens não querem acreditar que Deus os fez. Por que você acha que eles pensam assim?

Uma Oração:

Pai eterno que estás no céu, agradecemos porque fizeste as estrelas e tudo que há de bom. Agradecemos por nos teres dado nosso corpo e nossa vida. Somos gratos por nos deixares estar para sempre contigo nos céus e por Jesus, que tornou tudo isso possível. Em nome de Jesus. Amém.

Um hino:

Ó nosso Pai que estás no céu,
Do universo o benfeitor;
Santificado seja o nome Teu,
Ó glorioso Deus de amor. (HC, nº 356)

CAPÍTULO 48

Contar Mentiras

Você fica surpreso em saber que existem coisas que Deus odeia? Normalmente, pensamos em Deus como apenas um Deus de amor. Ele é um Deus de amor, mas também odeia o pecado, o que inclui a mentira. Por isso, é melhor que eu e você jamais tenhamos envolvimento com mentiras.

Deus quer que seus filhos e filhas sejam absolutamente sinceros e honestos. Ele não quer que sejam ardilosos e dissimulados, mas que as pessoas possam contar com a firmeza da palavra que dão. Deus quer meninos e meninas que, quando se comprometem a fazer alguma coisa, cumpram o prometido. Quando dizem que não vão contar um segredo, que não contem, por mais que lhes implorem.

Agora, no caso de sempre contarmos a verdade, não pode acontecer de nos metermos em encrencas? Sim, sem dúvida isso acontecerá! Quando você faz alguma coisa errada e alguém lhe pergunta a respeito, você provavelmente será punido ao admitir sua culpa. Acontece, mas em vez de contar uma mentira, o melhor é ser punido por uma travessura. Se optar pela mentira, você não terá feito uma coisa errada, mas duas. Deus poderá lhe castigar por ambos os erros. Ser punido por Deus em função de dois erros é muito, mas muito pior, que receber um castigo dos pais por apenas um erro.

E não é só isso. Meninos e meninas que são conhecidos por sempre dizerem a verdade, independentemente das conseqüências, crescem e se tornam homens e mulheres dignos da confiança dos outros. Quando fica claro que são pessoas honestas, esses homens e mulheres recebem grandes responsabilidades, pois todos sabem que eles não vão enganar ninguém.

Um certo menino chamado Alex queria ir a um acampamento cristão de verão, mas não tinha dinheiro suficiente. Ele então decidiu que conseguiria o dinheiro contando uma mentira. Procurou o pastor de sua igreja e disse:

— Pastor José, meu tio enviou algum dinheiro para que eu pudesse ir ao acampamento na próxima semana, mas o dinheiro foi perdido pela empresa de correios e não chegou.

— Puxa, mas que pena! — respondeu o pastor — Talvez possamos conseguir o dinheiro para você ir ao acampamento. Seria muito ruim você não poder ir apenas porque o dinheiro foi perdido.

O pastor conversou com alguns irmãos sobre a ida do menino e o dinheiro foi ofertado. Na semana seguinte, lá estava o menino no acampamento; mas por alguma razão, ele estava muito infeliz. Sempre que chegava o momento de oração, não tinha vontade de orar; e sempre que era hora de brincar, não tinha vontade de brincar. O problema é que ele era cristão, tinha contado uma mentira e Deus odeia mentiras. Deus já o estava castigando, fazendo-o completamente infeliz. Por fim, ele estava se sentindo tão mal que as pessoas responsáveis pelo acampamento decidiram levá-lo para casa por motivo de doença.

Quando o levaram para casa, seu pastor foi visitá-lo.

— Sinto muito por essa sua doença, Alex — disse o pastor.

Então Alex começou a chorar. Contou ao pastor o que tinha acontecido e sobre como tinha lhe contado uma mentira. O pastor ficou surpreso e triste por Alex ter feito aquilo. Então Alex disse algo que era uma grande verdade.

— Pastor José — começou ele — Deus não precisava que eu contasse mentiras para que Ele me mandasse para o acampamento. Se me quisesse no acampamento e se eu tivesse lhe pedido, teria enviado o dinheiro de alguma outra forma. Perdoe-me por ter lhe contado uma mentira.

— Você está certo — disse o pastor — O Senhor nunca precisa desse tipo de ajuda.

No ano seguinte, Alex foi para o acampamento, mas não contou mentira alguma para chegar lá. Trabalhou duro durante o ano inteiro e poupou o suficiente para ir. Alex se divertiu muito no acampamento e decidiu que jamais contaria uma outra mentira.

Para ler na Bíblia: Efésios 4.25; Colossenses 3.9; João 8.44

Perguntas:

1. Quem gosta de ouvir meninos e meninas contando mentiras?
2. Às vezes, as pessoas conseguem as coisas contando mentiras e ninguém jamais descobre. Você acha que, em alguns casos, vale a pena contar mentiras? Justifique sua resposta.
3. Deus nos perdoa quando contamos uma mentira? O que devemos fazer nesses casos?

Uma Oração:

Querido Deus e Pai celestial, confessamos, diante de ti, que fizemos muitas coisas erradas e que contamos muitas mentiras. Pedimos perdão e oramos por teu auxílio. Ajuda-nos a sempre dizermos a verdade, por mais difícil que isso seja. Agradecemos por tua ajuda. Em nome de Jesus. Amém.

Um Hino:

Manso e suave, é Cristo chamando:
Chama por ti e por mim.
Eis que Ele às portas espera velando:
Vela por ti e por mim. (HC, nº 568)